トモシビ

銚子電鉄の小さな奇蹟

吉野 翠

TO文庫

目次

トモシビ　銚子電鉄の小さな奇蹟

2014年・早春

銚子電鉄外川駅は、粗末な木造平屋建てに切妻屋根の駅舎だ。この春小学六年になったばかりの浩紀は、転がっていた空き缶を蹴飛ばすと、ふて腐れた顔で待合室に入った。木のベンチに手作り風の座布団が敷いてある。運賃表は黒板に手書きで、なぜか赤い郵便配達のバイクが置いてある。田舎くさいダサい駅だ。

この町が嫌いだった。新しい学校も嫌いだった。この古臭い駅も嫌いだった。それから、新しい父親も。いや、あんな冴えない奴、父親だなんて一生認めるつもりはない。こんな田舎町になんか、もういられるもんか。何もかもがもう限界だった。かくなる上は、強硬手段に出るしかない。

身の回りの物を手当たり次第詰め込んだリュックサックはずっしりと重い。これから、八王子の祖父《じい》ちゃんの家へ向かう。突然戻ってくれば、祖母《ばあ》ちゃんは事情を察して同情してくれるはず。そうしたら、またあっちで暮らすことが出来る。

時刻表も調べずに飛び出して来たが、電車が来るまであと三十分以上もあることに気づいて、イライラが募る。これだから田舎は嫌なのだ。

ホームのヤマサ醤油の背広告のあるベンチに座って電車を待っていると、どこからともなく見知らぬ老人がひょっこり現れた。渋い色の紬の着物に羽織姿、丸眼鏡をかけ、グレーの中折れ帽をかぶり、木の杖をついている。浩紀は老人を無遠慮にジロジロと見た。老人は浩紀の隣のベンチに腰を下ろした。

「一人旅ですかな」

老人が言った。浩紀はそっぽを向いた。そのまま黙っていると老人は勝手に話し始めた。

「この駅はね、大正十二年に建てられたものなんですよ。すごいでしょう」

歴史は苦手だった。大正って江戸時代の次だっけ？　だからこんなに古臭いのか。

「すごいですね」

浩紀は空々しく返した。が、老人はまったく気にしていない様子で話し続けた。

「この鉄道会社もね、実はすごいんですよ。何度もピンチを乗り越えて来た、奇跡の鉄道会社なんです」

「知ってます。ネット民にぬれ煎で助けられたけど、今も大赤字なんでしょ」

老人は、その通り、と言ってからからと笑った。浩紀はまったく興味がなかったが、仕方なく老人の話し相手になることにした。どうせ、電車が来るまではまだまだ時間があるのだ。

「そんで、どんなピンチがあったんですか」

「第一次世界大戦では、鉄の価格が高騰《こうとう》して鉄が足りなくなったそうです。どうしたと思いますか」

「うーん、電車を売っちゃったとか？」

「惜しいです。売ったのはあれですよ」

老人は線路を指差した。

「鉄を売れば儲《もう》かります。レールを鉄材として売った為に、開業わずか四年目で廃線になったのです」

「線路なくなっちゃったら電車走れないもんなぁ」

浩紀はなんとなく興味が湧いてきた。

「その次は、何があったんですか」

「昭和二十年七月には銚子空襲がありました」

「空襲って、教科書で習った。B29でしょ」

「そうです。B29が焼夷弾を落とし、銚子の町は焼け野原になりました。銚子電鉄の変電所も無残にも焼かれてしまいました。幸いにも車両は無事でしたが、再び電車を走らせるのは、それは大変なことでした」

焼夷弾、焼け野原。背すじに冷たいものが走った。教科書の中のことが実際にあったとは、浩紀にはなんだか信じられなかった。

「なんで銚子だったんですか。こんな田舎なのに」

「大戦中、東京に食糧を供給する漁業の中心を担っていたのが銚子でした。缶詰工場と製缶工場があって、千葉県の第二の都市と言われていたのです。東京の主要食糧供給源の一つを破壊するのが米軍の目的だったようです」

「ひどいなぁ、そんな理由で焼夷弾落としたなんて」

老人は淡々と続けた。

「国鉄から借りたＳＬ列車で復活を果たしたのは、昭和二十年の暮れのことでした。車両は常に勤め人や学生たちで満員でした。窓ガラスが一枚もないものですから、みな煤で真っ黒な顔でしたよ」

そこで老人が思い出したように吹き出した。浩紀も釣られて笑っていた。

「終戦直後の銚子電鉄は、朝から晩まで常に満員で、活気に満ちていました」

老人は懐かしそうに目を細めた。浩紀は、線路に置かれている８０１と書かれたもう使われていないボロボロに錆びついた赤と茶色の車両を見つめていた。あの電車もかつてはピカピカで沢山の人達を乗せて走っていたのだと思うと不思議だった。

「しかし、よい時代は長く続きませんでした。バスが登場したのです。あれは、終戦後日本がめきめきと成長を遂げ始めた、昭和二十七年のことです。銚子駅からここ外川を結ぶバスの活躍で、乗客数はみるみる減少していきました」

浩紀は、いつしか老人の話に引き込まれて真剣に聞いていた。

「バスにお客さん取られちゃったんですね」

老人の表情が少し険しくなった。

「そうです。悔しいですが、どうすることもできませんでした。昭和三十二年に、銚鉄で初めての首切りがありました。ピーク時は八十人ほどいた駅員はあっという間に五十人くらいになりました。しかし乗客減少の歯止めはかからず、経営は更に困難を増しました。やがて傾きかけた銚鉄に見切りをつけて自分から辞めていく者もぽつぽつと出てきました」

がたごとと音を立てて古臭いライトグリーンの電車がホームに到着した。

「その後も資金難が幾度あったかしれません。本当に、色々なことがありました。それでも苦難も逆境も何度も乗り越えて、今日まで走り続けて来たのです」

老人は愛おしそうに電車を見て、微笑んだ。

なんだよそれ。浩紀は老人から目を逸らした。不覚にもじんと来てしまった。歴史があるっていうのは、こういうことを言うのか。歴史は嫌々勉強するものだと思っていたのに、なぜだかこの老人の話はすんなり入って来る。

「この電車は、ただ人を運んでいるだけではないのですよ」

「じゃあ、何を運んでいるんですか？」

「乗ってみてください。そうしたら必ずわかります。どうですか、もう少しこの町にいませんか」

浩紀は困惑しながらも、思わずうなずいていた。家出を諦めたわけではない。老人の言う通り、もう少しだけいてもいいかと思ったのだ。しかし、このおじいちゃん、一体何者なんだ？　浩紀の心の声が聞こえたかのように、老人はにっこりと微笑んだ。

「申し遅れました、私は、電車翁と申します」

第一便　恋は片道切符

春の終わりの黄昏は柔らかく清々しい。椎名杏子《あんず》は勢いよくJR銚子駅改札を潜り抜けてぴかぴかぴかひかる茶色のローファーで階段をたん、たん、とリズミカルに駆け上った。

銚子電気鉄道株式会社、通称「銚電」は、特急電車の終点であるJR銚子駅の階段を上った向こう側のホームの一番端っこにぽつんと存在している。

線路が幾重にも伸びるJR線を軽やかな足取りで横に走り抜けると、くたびれた小さな洋風の駅舎にチョコレート色の屋根が見える。その下に擦れかかった洒落た白いフォントで「銚子電鉄　CHOSHI―DENTETSU」と描かれている。寂れた遊園地のアトラクションのような入口をくぐりぬけた杏子を待っているのは、ジェットコースターではなく、ずんぐりした四角い車体の四角い眼をしたライトグリーンの二両編成の列車だ。

この車両は元々京王線で走っていたものが、愛媛県の伊予鉄道に渡り、巡り巡って銚電に来たのだといつだか電車大好きなパパが言っていた。

かつて、颯爽と都心を走っていた往年の風格はすっかり色褪せている。とうに御役御免の車両はガタがきて、あちこち錆びついたご老体に鞭打って動いている様子だ。今時、東南アジアでも見かけないという「日本一古い電車が走っている鉄道会社」との噂も嘘ではないかもしれない。

ホームを見渡すと平日のこんな時間でもデジカメや一眼レフを手に熱心に写真を撮っている人がぽつりぽつり目につく。通称「撮り鉄」達だ。鉄道ファンにとっては、このノスタルジックな鉄道はなかなかに人気があり、テレビの旅番組ではすっかりおなじみになっている。はるばる訪ねてくる観光客も絶えない。

しかし、銚電は経営難で危ないと言われて久しかった。この小さな鉄道会社は、大正十二年の開業当時から常に経営の危機にさらされてきて、現在も存続の危機に立たされ続けている。が、この古ぼけた列車に小さな頃から慣れ親しんでいて、この春から は毎日高校への通学で利用している杏子にはかえってぴんと来ない。「この世界が明日無くなる」と、言われたところでまるで信じられないみたいに。十五歳の春を迎えた杏子の真新しい辞書には、「衰退」という言葉は存在しない。

閑散とした銚子電鉄の銚子駅のホームに黄昏を追いやるような夕闇がひたひたと迫

ってくる。この瞬間が杏子は好きだった。目覚まし時計のようなアラームが鳴り響いて、芋虫号の発車を知らせる。もうすっかり聞き慣れている杏子がひょいと飛び乗ると一枚ドアがごとんと荘厳な音を立てて閉まった。

杏子は座席には座らずに、電車の通常のドアよりも広い一枚ドアの硝子窓に立って、窓に映る自分の姿を満足げに眺める。真新しい制服は銚子市内にある銚子南高校、通称「チョーナン」のものだ。がたんごとん音を立てて揺れる列車に合わせて、緑色のギンガムチェックのリボンが微かに揺れている。ずっと憧れていた濃紺のブレザーは、杏子の百五十五センチの身長がまだ伸びるかもしれない、と母親が言い張ったために袖が少しだけ長い。健康的すぎる桃色の頬をした丸顔と顎のラインできっちりと切りそろえられた黒髪のおかっぱ頭は幼くてやや不釣り合いに見えた。

やっぱり髪、伸ばそうかな。

物心ついて以来、髪は近所のぐるぐる回るねじり看板があるパーマ屋で定期的に切りそろえるのが常だった。いつも気さくなパーマ屋のおばちゃんは遠くの親戚以上に親しい間柄になり、入学祝に文具券をくれた。が、クラスの女子の中には電車で二時間もかけて千葉のお洒落な美容院まで行って流行の髪型にしてくる子もいることを思うと、杏子は少し焦ってしまう。可愛くなりたい！　可愛くなりたい！　可愛くなりたい！　心の中で魔法の呪文のように唱えるのは入学以来習慣になっている。

「間もなく～、仲ノ町《ナカチョウ》です」車掌の間延びしたアナウンスが鳴り響いた。窓の外には、白い煙をもくもく吐きだしている細い煙突と巨大な円形の灰色タンクが並ぶ。仲ノ町で降りたのはもっさりした風貌の撮り鉄の青年一人だ。無機質な醤油工場地帯を抜けると、今度は線路の両脇すれすれに民家が広がる。

杏子はふと窓から目を逸らして座席の方に目をやった。臙脂《えんじ》色の座席にひとりの老人が座っている。神出鬼没のこの不思議な老人は、銚電利用者の間ではすっかりお馴染みで、「電車翁」と呼ばれている。翁は正円形のロイド眼鏡に長く細い銀色の髭を生やしている。紬の着物に羽織、木の杖をついているその姿は国語の教科書に出てきた明治時代の文豪のようだ。翁は、皺だらけの顔を更に皺だらけにして杏子ににっこりと人懐こい笑顔を向けた。

「うんうん、よく似あっていますよ」

杏子は照れくさそうな微笑を返した。

明日からスカートはもうちょっと短くしよう。ううん、校則ぎりぎりまで。それから、やっぱりぜったいに髪を伸ばそうと杏子は心に決めた。

だけど……それより何よりその前に、決めなければならないことがある。

そのことを思い出した途端に気分が重くなる。胸の中の小さな迷いはみるみる膨れ上がって、不安をともなった憂鬱に変わる。

気づくと、目を細めて眉間に皺がよっている自分の姿が、さっきよりもやや暗くなった窓に映っていた。

あ。やだ、あたし今、お母さんみたいな顔してた。

杏子は振り払うように頭を振る。

青虫色の列車は鬱蒼と茂る狭い密林の間を走り抜ける。

ずっと小さな頃、杏子は窓から見えるこの景色が怖かった。今にもお化けが恐ろしい顔をしてウワッと襲い掛かってきそうだったからだ。ここを通る時は母親の太ももあたりに小さな顔をぎゅっと押し付けて必死に外を見ないようにしていた。

玄蕃山《げんばやま》と呼ばれる野性的なこの山を切り崩し掘割で作られた線路は、山から土がこぼれて流れ落ちてくるために自然と雑草が生えてくる。青々とした雑草の上を、関係ないとばかりに古ぼけた列車はごとごとと音を立てて走り抜けていく。

「大丈夫」

頼りない自分に言い聞かせるように杏子は小さく呟いた。

よし！　決めた。明日こそ、きっと、決行する。

決意だけをひとり小柄な体に無理やりに詰め込んだ杏子を乗せて電車は、本銚子駅に到着した。電車を降りて林に囲まれた小さな茶色の木造の駅舎を抜ける。

「待っていてください。アノオカタ」

杏子はうっとりと呟いた。降りがけに振り返ると電車翁は気持ちよさそうにうつらうつらしている。その寝顔は、まるで小さな子供のように無邪気だった。


翌日、校則ぎりぎりまで短くしたスカートはすうすうした。待ち遠しいような恐ろしいような放課後の、最上階に向かうまでの階段はやけに長い。三階あたりまでは遠く聞こえていた賑やかな音は、四階に差し掛かった途端にステレオのボリュームを一気に上げたみたいに増幅された。その音の渦にのまれて杏子の重たい足は止まった。きぃんと響く高い音、ぶんぶん唸る低い音、様々な打楽器、姿の見えないそれらの音は杏子の不安を掻き立てた。

今日こそはと決めたのに、固いはずだった決心はばらついた音の渦にかき消されていく。無理やりに自分を奮い立たせる。三階の階段をゆっくり上りきると、長いクリーム色のリノリウムの廊下の突き当たりの部屋は遙か遠くに見えた。吹奏楽部のある音楽室から放たれていた音はいつの間にか整然とした旋律に変わっていた。古びた扉を開ける勇気が出ない。

「入部ですか」

背中から落ち着いた穏やかな声がした。

杏子は振り返った。時が止まったような気がした。紛れもない「アノオカタ」。

あの時よりずっと背が高くなってる。大人っぽくなってる。

あの日、確かに運命を感じた。中学二年生の春の終わりのことだった。犬吠《いぬぼう》駅で高校生の吹奏楽部が演奏していた。杏子は、指揮をしている男子生徒の指先に目を奪われた。

しなやかに動く、白くて長い、繊細な指。そんな美しい手を持った男の人を見たことなどこれまでなかった。ひたすらその指にばかり見とれていた。流れる音楽はまるでその指先から奏でられているかのようだった。ようやくその男子生徒の顔に目が行った瞬間、心臓がぴょんと跳ね上がったのだ。

日に当たっている髪はさらさらしていて薄っすらと茶色かった。ぱっちりと澄んだ瞳は漆黒で真剣そのものだった。指揮棒を振る繊細な指を持つのにあまりに相応しい顔立ち。演奏が終わってもまだドキドキは止まらなかった。初めての気持ちだった。

杏子は名前も知らないその男子生徒を心の中で「アノオカタ」と呼んだ。

自分の成績で第一志望に決めるのは無謀だということくらいは、当然杏子にもわかっていた。進路相談で、「チョーナンを受ける！」というとんでもない主張をした時、母親は絶句していた。が、一人娘の強引さに呆れながらも銚子南高校の受験を了承した。無謀であっても向上心を持つのは良いことだと考えたらしい。持ち前の運の強さもあってか見事受かった時、周囲は口々に奇跡だと騒いだ。これはきっと恋のミラクルだと杏子は単純に信じ込んだ。

ああ。「アノオカタ」。やっと、お会いできました……。

感激で胸がいっぱいになり、うつむいている杏子の様子を「アノオカタ」は緊張している新入生だと受け取ったようだった。

「今年は一年生がちょっと少なくて、困っていたんだ。入ってくれると嬉しいです」

いかにも「アノオカタ」らしい優しい勧誘だと杏子はまるで知りもしないのに感動した。自分に向けられた爽やかすぎる笑顔が眩しすぎて、言葉が出てこない。

「入部してくれますか？」

その言葉に杏子は無言のまま、反射的に首を縦にぶんぶんと振って頷いていた。ああ、どうして言葉が出てこないのだろう。これじゃ我ながら怪しすぎる。再会はこんなはずじゃなかったのに。情けなくて泣きたくなった。

「よかった。部長の久保木《くぼき》聖也《せいや》です。よろしく」

爽やかな笑顔を向けられたその瞬間、「アノオカタ」は妄想から確かな実体を持った「聖也先輩」になった。聖也は杏子が開くのを戸惑っていたドアを軽々と開けた。溢れ出す音が希望と不安もまるごと包み込むように杏子に覆いかぶさって来た。

その日、杏子はチョーナン吹奏楽部の五十人目の部員になった。任されることになって、初めて手にしたアルトサックスは、使い古されたブリキみたいに鈍い色をしていた。プレッシャーの重量も幾ばくか加算されて、ずしりと重い。息を吹き込んでも音が出なかったのは、お前みたいな初心者は知らないとそっぽを向いている偏屈な老人のようで扱いづらかった。

聖也はその端正なルックスもあり、一部熱心な二年生から「指揮者の王子様」と呼ばれ、なんとファンクラブまで存在していた。既に新一年生からも入会希望が殺到しているという。その熱狂的な人気ぶりに杏子は気後れしたが、吹奏楽部での聖也は吹奏楽ただひとすじ、という1ミリもブレのないストイックさを持っていた。女子生徒達の様子にまったく無頓着な様子はクールだったが、誰に対しても物腰が柔らかく、また真摯だった。その指先とルックスに一目ぼれした杏子は、一年ぶりの再会から身近に接するようになった今、聖也に二度目惚れした。

が、吹奏楽部に入ったら毎日顔が見られるという甘い期待は早々に裏切られた。トロンボーンの聖也の顔を見ていられるのは、せいぜい部活が始まってからのミーティングくらいだ。同じパートだったらよかったのに。聖也からパート練を受けている一年生を見て、杏子は恨みがましく思った。

もともと朝が苦手な杏子だったが、朝練は容赦なかった。肌とほんの少し伸びた髪を入念に手入れするのが日課となってからは、遅くとも毎朝五時半には起きなくてはならない。共稼ぎの両親はぐっすり眠っているので、杏子は自分で食パンをトーストしてインスタントのスープにお湯を注ぐ。寝坊した日には朝食抜きで電車に飛び乗るはめになった。

列車の中で、大きなあくびをして窓の外を見る。線路沿いに咲いていた黄色い菜の花はいつの間にか消えていた。

「恋のチカラッ！」

杏子は小さくそう叫んで自分を奮い立たせる。朝夕の練習は単調でつまらないし、好きな人に会えるという邪道な目的がなければ、到底続かないだろう。

「なっちゃん、おはよー」

部室に到着すると、アルトサックスを手にした青柳奈月が振り返った。ウェーブがかった長い髪のポニーテールがふわりと揺れるとベリー系の甘い匂いがする。

「おはよ」

気怠い余韻を残すハスキーボイス。隣のクラスの奈月は目立つ。幼少期よりピアノを習っていて、小学校から吹奏楽をやっている。杏子が楽譜のイロハもわからない様子を見かねたのか、あれこれ教えてもらっているうちに自然に仲良くなっていた。奈月は切れ長の黒い瞳を縁取る下睫毛が長く、つんと尖った鼻が大人っぽい。廊下で彼女とすれ違った男子がそっと振り返るのを杏子は度々目にしていた。

「あー！　当たりリード割れてる」

「元気出して。ポッキー一袋あげるから」

「さんきゅー杏子。愛してるッ」

少ないお小遣いの中でおやつ代を工面しているだけに、杏子は奈月のこういうセリフにめっぽう弱い。奈月が不機嫌になると杏子は必要以上に気を遣ってしまう。

聖也が入って来た。思わず目で追ってしまう杏子に奈月は冷めた視線を投げかけた。

「まあね。確かに部長ってイケメンだけど、完璧すぎてなんか現実感ないんだよね」

「そうかなー」

「んー、なんていうか、草食系っていうか。ワイルドさが足りない」

「聖也先輩の魅力はそんなんじゃないから！」心の中で反論しながら、奈月が聖也に興味がないことに、杏子は内心ホッとしていた。ライバルは一人でも少ない方がいい。

「なっちゃんは好きな人いるの？」

「気になる人はいるよ」

奈月はさらりと言った。誰なんだろう。すっごい気になる。でもそれ以上訊けなかった。奈月はサックスを構えると、杏子をうながした。

「さ、個人練習、始めるよ」

言い含めるようなその口調は同学年というより、一つ二つ年上の姉のようだった。もし同じクラスだったとしても、杏子は奈月のような子と同じグループには入りはしなかった、というより入れなかっただろう。奈月は部活以外では決して杏子に声を掛けてくることはない。

「あいつさ、吹き方キモくない？」

ホルンを吹いている八木原の方を見て奈月が笑いを堪えながら言った。ホルンが難しい楽器で、八木原が誰よりも練習熱心なことを杏子は知っている。

「だよね」

作り笑いの相槌は小さな棘になって杏子の心に突き刺さる。無神経になれるほどにも、「そんなことないんじゃん？」と、返せるほどにも強くない自分を嫌いになりそうだった。心の中でそっと謝ったところで、その棘の痛みはなかなか消えそうにない。

流行のプチプラブランドをネットの通販で一緒に買うこと、ファッション雑誌の貸し借り、マックとかスーパーのフードコートとかじゃなくてちゃんとした喫茶店で飲むカフェオレ。そんな些細な日常を壊したくないだけなのに、たまにシンドイ。誰に対してでもない小さな懺悔をこのごろの杏子は心の中で繰り返している。

部長の集合がかかった。朝練は音階から始まる。部員五十名が一斉にBフラットを吹く。３Ｄのテキストの音符を必死に目で追いながら指を動かす。

鬼顧問の異動により、この春から楽器未経験者の現代史の教師が顧問をやっている。この教師ときたら何もかもよくできた部長に任せきりで、自分は隣室で優雅にお茶を飲んでいる。杏子にとって一番恐ろしいのは、次期部長候補の二年生、橘《たちばな》伶香《れいか》だった。地味な容貌ながら眼鏡の奥の眼光は鋭く、その指導は初心者が相手でも容赦がなかった。

「椎名さん、もっと周りの音を聞いて」

聖也も見ている前で伶香から名指しで厳しく指摘をされる時ほど辛いことはない。音階で注意を受けているのは自分しかいなかった。「なんでこいつ入って来たんだ？」という、侮蔑的な視線が身体を刺してくるようで辛い。穴があったら入りたいというのはこういうことなんだろう。一体、いくつ穴があればいいのだろう。

「楽器置場で自主練すりゃいいじゃん」

杏子が声の方を見ると、パーカッションの片瀬航介《かたせこうすけ》の発言だった。片瀬は同じ一年なのにふてぶてしい。吹奏楽部には男子が極端に少ないため、その存在は余計に目立っていた。

「そうね、椎名さん、いいかな？」

「はい」

伶香の言葉に、杏子は老人のようなサックスを持ってとぼとぼと音楽室を出た。


四月最終日の朝は、冷たい雨が降っていた。窓の外が薄暗くて寝坊をした。飛び起きて鏡を見たら頬に大きめのニキビ。それに気を取られて家を出るのが更に遅れた。駅まで必死に走る。春の終わりを告げるような雨は冷たく、傘を持つ指がかじかんだ。びちゃん、水たまりに踏み込む。靴下が冷たくて泣きたくなる。いつもの駅員さんが杏子の姿を見つけて乗り込むまで待っていてくれたために間一髪遅刻は免れたのが、その日の朝の唯一の救いだった。

朝練が始まり音を出した早々には、伶香からこってり絞られた。

ぼろぼろのまま音階が終わった。周りに迷惑をかけている自分が情けなくてたまらない。

「もう辞めた方がいいのかもしれない」

杏子が俯いて泣きそうになるのを堪えていると、指揮台に立っていた聖也が言った。

「吹奏楽は音楽を楽しむためにあるんだ。みんな、楽しむことを忘れないように」

部員全員に向かっての言葉だったが、杏子はそれが自分だけに向けられたメッセージだと思い込んだ。ぽっと心が温かくなる。湿った靴下で冷え切った身体にも熱が宿ってくる。もう少し、がんばろう。

部員たちが合奏をしている間、杏子は楽器置場で一人ひたすらロングトーンを吹いている。経験者とは何年もの開きがある。あと何百回やれば追いつけるのだろう。気が遠くなってくる。

ノックの音がした。入って来たのは聖也だった。驚いた杏子はマウスピースを咥えたままぶっと吹いてしまって赤くなった。

「椎名さん、焦らなくても大丈夫だよ。ゆっくり譜面を読んで、まずはじっくり音階がんばろう」

個人的に聖也に話しかけられたのは入部して以来、はじめてだった。

「は、はい!」

「それと」

そのほんの一瞬の間に杏子の最大限の期待が込められたのは言うまでもない。

「橘さんは、本当にこの部活のみんなのことを思ってるんだ。ちょっとキツいかもしれないけど。わかってやってね」

「……はい」

がっかりしている自分が間抜けだった。聖也先輩は優しい。誰にでも。伶香の心情を理解する余裕などとてもなかったが、杏子は素直に「はい」と答えた。

少しでも気にしてくれているのが嬉しかった。あたしには聖也先輩がいれば、それでいいんだもん。杏子は一人微笑むのを押えられなかった。個人練習を終えて音楽室に戻ると背後から鋭い声がした。

「おまえ、迷惑なんだよ」

片瀬が威圧的に杏子を睨みつけていた。

「な、何よ、いきなり」

「ジャニーズ追っかけるような気持ちでここ入られても迷惑だって言ってんだよ」

更に冷たい一瞥をくれて、片瀬は背を向けた。気づいたら、杏子はその腕を掴んでいた。確かに聖也目当てで部活に入ったのは事実だ。だけど、今は、吹奏楽をやりたい。うまくなりたい。

「絶対に……」

杏子は真正面から、長い前髪の下にのぞく片瀬の切れ長の瞳を見据えた。

「なんだよ」

片瀬は怯むことなく意地悪く言った。

「絶対にうまくなってやる！」

周囲が振り返るほど大きな声で言い返して杏子は部室を飛び出した。

早く追いつきたい。クリーム色の長い廊下を駆け抜けながら、必死に考えた。授業が終わって二時間足らずの練習だけでは追いつけない。学校以外でも、もっと練習しなくちゃだめだ。一番ぼろい老人みたいなサックスなんかじゃなくて、自分だけのアルトサックスが必要だ。どうしても。なんとしても。絶対に。

杏子の家は、本銚子駅から徒歩十五分ほどにある大きな日本家屋の一軒家だ。誰もいない家に「ただいま」は必要ない。制服を着替えて居間の食器棚にあるスティックパンを一本口にほおばると、玄関の戸が開く音がした。杏子はどたばたと廊下に出た。

「ねえ、お母さん」

「お手伝いなら大歓迎よ。でも自主的にやりなさい。しばらくはお小遣いの前借は一切禁止って言ったの、忘れてないよね」

まだ何も言っていないのに、母親の美菜はけんもほろろだ。わかっていたはずが、やっぱりがっくりする。お洒落に目覚めてからというもの、欲しい物はどんどん増えた。高校生なのだから少しは考慮してくれたっていいのに、と恨みがましく思うが仕方が無い。美菜はとにかく現実的なのだ。たとえ色つきリップひとつとっても、必要な理由を尋ねられる。続くかどうかもわからない入部したての身で高価な楽器をねだるなんて、やはり無謀すぎた。

「アン、たっだいま！」

この場の空気を読まない大声が聞こえた。父親だった。両手の親指を突き立てて交互に振っている。今年四十六歳になるアロハシャツ姿の椎名武彦は、口髭を生やしリーゼントヘアをポマードできめていた。

武彦は銚子市内で不動産経営をしている。とは言っても、美菜の父親が設立した会社だった。武彦は形ばかりの代表で、実質的な会社経営のすべてを専務取締役の美菜が担っていた。美菜にはまったく頭が上がらないが、いつも無駄にテンションが高い。そんな夫に美菜はいつもそっけなかった。どうしてこの父親と母親が一緒になったのだろうと杏子は不思議になることがある。

「おかえり、パパ」

杏子は父親のことを「パパ」母親のことを「お母さん」と呼ぶ。この変わった習慣は、幼い頃から杏子にとって自然なことだった。

美菜が居間から出て行ったのを見計らって、杏子はおねだり用の声を出した。

「ね、ね！　パパ、お願いがあるの」

「おお、なんだい、アン？」

武彦は芝居めかして愛娘の名を呼んだ。

五月の青嵐に煽られて、君ヶ浜の白波が激しくうねっている。その先にそびえる白亜の灯台は守り神のように静かに海を見据えている。

杏子はTシャツと短パンで海岸沿いの通りを自転車で走っていた。風が気持ちいい。息を切らして坂を登るとピンク色の建物が見えてくる。ラブホテル「50'Sドリーム」だ。夜になるとキャデラックの描かれた看板と赤や青のネオンがけばけばしく灯るこのラブホテルは、アメリカ西海岸風ホテルと謳いながらチープで胡散臭い。自転車をピンクの建物の脇に止めて入口の重たい硝子戸を押した。

「おはよう、アンちゃん」

フロントの杉村さんがにっこり笑った。小柄な初老の女性でいつもにこにこしている。

有能な妻に頭が上がらないことに甘んじている父親の数少ない仕事の一つが、犬吠の海が見える潰れた福祉施設を買い取り、改築して作った50年代アメリカ風ラブホテルの運営だ。武彦はこの安っぽいホテルを愛していた。

ゴールデンウィークは同じクラスの友達の家に勉強をしに泊まりに行くという嘘を、多忙な母親は今のところ疑っていない。ラブホテルに通うことが年頃の娘として抵抗がなかったと言えばうそになるが、やってみると実際はそう大した仕事ではなかった。

狭いフロントの中には小さなモニターが設置され、客が駐車場に入ってからホテルの入口に来るまでの動向が見えるようになっている。駐車場に車が入ると、モニターの横の赤いランプが点滅して知らせる。カップルが入ってきて、室内の写真がついたパネルのボタンを押したら、フロントからその部屋の鍵を渡す。客が帰ったらシーツを取り換えて簡単に掃除をするというのが主な仕事だった。杉村さんは、杏子が掃除に入る前にわざわざ部屋を確認してくれた。杏子は人生初のバイトをそれなりに楽しんでいた。

アルバイトの報酬は、もちろんヤナギサワのアルトサックスだった。

緑色のギンガムチェックのスカートに、まっ白なブラウス。夏服の初日はなんとなく気恥ずかしい。部室に行く途中、前方に聖也の後ろ姿を見つけた杏子は、どきっとした。華奢なイメージが強かったのに、ブレザーを脱いだその肩幅は意外なほど広い。抱き締められたらどんな風なんだろう。ついついそんなことを考えてしまったがために、脳内が沸騰して、その日はもう聖也の顔が見られなかった。

誰もいない楽器置き場でメトロノームのテンポを六十に合わせる。チューニングに気を配りながら、ひたすらロングトーンを吹く。八拍と十二拍をスケール。ドレミレミファミファソ……三連符スケールは相変わらずひどくたどたどしいが、杏子はご機嫌だった。

「お前、そのサックスどうした？」

杏子はぎくっとした。スティックを持った片瀬が杏子のサックスを見ていた。

「パパに買ってもらった」

「ふぅん、お前んち金持ちなんだな」

嫌味な言い方だったが、ラブホテルでバイトしたなどと言えるはずもない。

「なんか用？」

「ズレすぎだろ。ヤナギサワが泣いてるぞ」

杏子は庇うようにサックスを抱えた。

「いいか、俺のリズムに合わせろ」

片瀬は正確なリズムで傍らの机を叩き始めた。杏子はしぶしぶその音に続けて吹き始める。

「タタタ、タタタ、そう、そのまま、テンポ落とすなよ」

杏子は必死で吹いた。自分の音と片瀬のリズムがぴたりと一致した。マウスピースから口を離して、はあ、と大きく息をつく。

「よし、あとはタンギングだ。しっかりやっとけよ！」

「なんであんたに指図されないといけないのよ！」

「それは、俺が天才だからだ」

「自意識過剰男！」

片瀬は笑った。唇の左端だけ吊り上げて笑うのが、目つきの悪さと相まって何ともいえず意地悪に見える。

　三十分の自主練を終わらせて杏子は皆のいる視聴覚室に戻った。合奏の輪に加わる時はまだ緊張する。音階が終わって杏子はほっとした。今日は怜香から注意を受けなかったからだ。初めて意識して音を出せるようになった気がする。

「椎名さん、そろそろ曲に行ってみようか」

　聖也が譜面を差し出した。杏子は嬉しくて涙が出そうだった。

　奈月がウィンクして杏子の脇腹を小突いたのがくすぐったい。奈月には中学二年の時に聖也に憧れて部活に入ったことや、アルトサックスが欲しいが為に父親の経営するラブホテルでバイトしたことも話していた。奈月は、「ラブホでバイトとかすごいじゃん！　どんなことするの？　教えて」と、笑った。そんな風に言ってくれるのはきっと奈月だけだ。クラスの女子や中学の同級生にそんな話をしたらきっとみんなドン引きするに違いない。

「いいか、その程度でいい気になるなよ」

　ティンパニの前の片瀬が鼻で笑った。杏子がめいっぱいふくれっ面をして睨みつけると片瀬がぷっと噴き出した。

「その顔、まるで大福だな！」

その言葉で周囲にいた部員たちが一斉に杏子を見て爆笑した。聖也も手の甲を口に当てて笑いを堪えていたのを杏子は見逃さなかった。

「誰が大福よ！」

「あれ、そういえばおまえの名前ってアンコだったよな。シイナアンコ」

「アンコじゃないっ！　アンズっ！」

怒りでわなわなしている杏子に片瀬がすっとぼけたように返したのであたりはまた湧き返った。中には楽器を吹き出す輩までいて騒然となったところで、ようやく聖也が鎮めた。


海沿いのホテル、50'Sドリームの一室ではたどたどしいサックスの音が鳴り響いていた。バイトはもうしていないが、部活が休みの日には練習場所として利用している。自分でも恥ずかしくなるくらいの下手くそな音色が誰かの耳に入るような場所で練習ができるほどの度胸はない。武彦がにこにこしながら入って来た。

「杏子が音楽やってくれるなんて嬉しいよ。これ吹いて」

手渡されたスコアはオールディーズだ。ノリのいい曲がずらり並んでいる。

「パパが好きな曲どれかな」

ぱらぱらと譜面をめくって、杏子はたどたどしく『恋の片道切符』を吹き始めた。

「お、さすがアン、いい選曲！」

メロディーを口ずさみながらリーゼントを揺らしてご機嫌にゴーゴーを踊り出した。父親が喜んでいるのを見るのは純粋に嬉しい。

「そうだ、ちょっと待ってて」

武彦は部屋を出て行ったかと思うと、数分後にギターを抱えて入って来た。杏子は驚いた。赤いギターは、ずっとホテルの入口にあるガラスケースの中にディスプレイされていたからだ。

「この曲、日本人も歌ってるんだよ。平尾昌晃とオールスターズ・ワゴン。畑中葉子とラブレター・フロム・カナダを歌ってた」

「何それ、知らなーい」

「だよなー。アンは平成生まれだもんなぁ」

と武彦はしみじみ言ったかと思うと不意に、持っていたギターをジャ、ジャ、ジャジャジャジャジャ……と掻き鳴らして、『恋の片道切符』を歌いだした。

よく通る澄んだ歌声で弾き語る父親の姿を、杏子は別人を見るように見つめていた。

「でもさ、なんか、悲しい歌詞だね。恋の片道切符なんて」

杏子は感傷的になっている。娘に褒められたことで有頂天になっている父親は気づかない。

「だろ、そこがいいんだよ！」

あーあ、パパってばちょっと鈍いなあ、と杏子はがっくりきた。

「そうだアン、今日のこと、ママには絶対内緒だぞ！」

武彦は急に焦った様子でギターを下ろした。

「わかってるって。バレたらあたしだってまずいもん」


その日、夕食を食べ終えた杏子が居間のテレビをつけると、中尾ミエという歌手が『可愛いベイビー』を歌っていた。杏子が思わず口ずさむと、テーブルの片づけをしていた美菜は不機嫌そうに「変えて」と言う。なんでママっていっつもこうなのかぁ、と杏子は思う。母親が急に機嫌を悪くする理由がわからない。

「そういえば、パパがギター弾けるってお母さん知ってた？」

ついそう口走ってしまったのは、父親が好きなものを平然と嫌う母親にたいする反発も幾ばくかはあった。美菜の肩が一瞬強張った。

「あの人、ギター弾いたの？」

「え、えーと」

「どこで弾いたの」

問い詰められた杏子はしどろもどろになって謝る。

「謝る前に、事情を話しなさい」

美菜の声は冷静だが威圧的だ。こうなったらもう隠しおおせるはずがない。杏子は半泣きですべてを白状した。

「楽器が欲しかった気持ちはよくわかるけど、手段を選ばないとだめでしょう。そんなバイトなんてしないで地道な努力をすればお母さんだってね」

美菜は目を細めた。眉間に皺がよっている。

「ただいま！　愛する家族！」

そこに何も知らない武彦がリーゼントを揺らしながら能天気に居間に入って来た。

美菜は恐ろしい形相で武彦を睨んだ。

「二人でこそこそしてみっともないったらないわ」

美菜は言うことがいちいちキツい。

「おいおいママ、なんのことだよ」武彦は空とぼけて笑った。

「こんなことさせるためにあのホテルをあなたに任せたんじゃないわ」

「ゴメン、パパ、ばれた」杏子のアイコンタクトに武彦は青ざめた。

「パートのおばちゃんが急に辞めちゃって困ってたんだよ。そこをちょうど杏子がバイトしたいって言ってきたもんだからね、ついつい」

「あのホテルの経営は他の人に任せます。この際だからあの変な外装も変えるわ」

その瞬間、武彦の顔から情けない笑顔が消えた。

「ママ、頼む、それだけは勘弁してくれ！」

「もう遊びは終わりよ。この機会だからあなたには別の仕事をやってもらいます」

容赦ない美菜の言葉に、武彦は押し黙ったまま部屋を出て行った。打ちひしがれたその背中を見て、杏子は胸が痛んだ。

翌日の土曜日、父親が家出した。テーブルの上に書置き一枚を残して。


僕は自分の生きる道をモサクします。

探さないでください。

タケヒコ

「みなさん、聞いてください！」

騒然とする視聴覚室に副部長が入ってきて、声を張り上げた。

「今年の犬吠駅の夏のイベントですが、ポルトガルフェスタが開催されることになりました」

「ポルトガルフェスタ？」

「なんか楽しそうじゃん！」

部内がざわめいた。

「具体的には何をやるんですか」

オーボエの二年生がすかさず質問した。

「銚子電鉄の洋一さんの説明によると、ポルトガルの音楽と食べ物で集客するイベントだそうです」

「それってまんまじゃん！」

微かな笑いが起こったが、副部長は構わずに続けた。

「一年生の中には知らない人もいると思うので説明します。銚子南高校は、銚子電鉄のサポートを行っています。その一環でイベントの際は演奏を任されています。一年生にとっては初の舞台になると思いますので頑張ってください」

杏子はわくわくした。聖也と初めて出会った犬吠駅で、聖也の指揮のもと演奏することができるなんて夢のようだ。あの春の日、犬吠駅で聖也の繊細な指先から奏でられた音が作り出すきらきらした空間を思い出す。その一員になれたことは杏子を誇らしいようなくすぐったいような気持ちにさせた。

副部長の隣にいた聖也がおもむろに口を開いた。

「さて、演奏の曲についてですが、副部長と相談してポルトガル語で歌われている『イパネマの娘』とファドの曲をアレンジして演奏しようと思います。CDを配布しますので、皆さん聴いてください」

「編曲は僕が行いますので、各パートはアレンジを考えてみてください」

「はいはい！」

突然片瀬が手を挙げたので、部員が一斉に片瀬を見た。

「俺も編曲やりたいです」

まるで張り合っているように挑発的な態度だった。二年生に至っては露骨に非難するような目を向けている者もいたが、片瀬はまるで気にしない様子だ。まったくアイツってば、なんであんな風にでしゃばれるワケ？　杏子は呆れていた。

「手伝ってくれる人がいるのはありがたいな。片瀬君、頼むね」

聖也はそんな不穏な空気に気づいていないかのように、にっこり笑って片瀬に言った。さすが、聖也先輩ってば大人！　と、杏子は心の中で嬌声を上げた。

「どうせすぐ帰って来るわ。放っておきなさい」

美菜はそう言ったが、三日経っても武彦は戻って来なかった。武彦のいない夜は恐ろしく静かで味気ない。しびれを切らした杏子は、制服のまま自転車に飛び乗り50'Sドリームに向かった。

ここにしか行き場がないことはわかっていたが不安がよぎる。ホテルの入口の重い硝子の扉を開けると、武彦はフロアのソファで呑気にショーケースのアメ車プラモデルを磨いていた。杏子を見た武彦は嬉しそうに微笑んだ。

「いらっしゃい」

「パパごめん。あたしのせいで」

「いいって。元はと言えば、ママとの約束破ったパパが悪いんだから」

「約束ってギターを弾かないってこと？」

武彦がうん、と頷いた。

「そんなのおかしいよ。あんなに楽しそうに弾いてたじゃん。なんでお母さんが禁止するの？」

「もう弾かないって約束でママと結婚したのさ。だからしょうがないよ」

杏子が納得できない顔をしていると武彦は杏子の頭に手を置いた。

「ママのお腹にアンがいたからね」

「それって、やっぱあたしのせいってことじゃん」

わざといじけて言うと武彦は優しく杏子の頭をぽんぽんした。

「そうじゃない。パパが、やんちゃしてママのこと泣かしてばかりいたから、ママはアンを一人で産むって言い張った。パパはギターをやめる代わりにママと結婚したってわけさ。それくらい、ママとアンが大事だったからだよ」

複雑な気持ちになる。父親が、母親を泣かしていたとはとても信じられなかった。

「だが、ここは譲れない。このホテルを守るため、パパは断固立てこもるよ」

自分がねだればすぐに戻ってきてくれると思い込んでいたはずが、武彦の力強い口調に杏子は何も言い返せずにいた。

「そんな顔するな。人生こういうこともあるさ」

武彦はまるで他人事のように言う。杏子はふっと父親を遠くに感じて不安になった。

夕闇の中で白亜の守り神が海を照らしている。息が切れるのも構わずに、杏子はひたすら自転車のペダルを漕いだ。

家に帰ると美菜はいつもより早く帰ってきていた。いつもなら、「どこに行っていたの」と責めるのに、美菜は何も問わなかった。

「お腹空いたなー、夕飯なぁに？」

母親の何か聞きたがっているかのような雰囲気を察しながら、杏子は気づかない振りをして大声を張り上げた。


陰鬱な梅雨の雨の小休止に放課後は沸いていた。下校時刻が近いというのに、まだ湿り気を帯びたグラウンドを運動部の生徒達がボールを追って走り回っている。

ピアノの音が聴こえた。軽快なメロディーにもかかわらず、どこか哀しげだった。誰が弾いているのだろう。杏子は気になってそっと音楽室の扉を開けた。奏でていたのは聖也だった。夕暮れの色を含んだ斜光が、黄ばみかけたカーテンの隙間から白い頬を照らしている。その姿は、ただただ神々しかった。杏子は息を飲んで見つめ続けた。不意に音が止んだ。杏子は扉の前で身を縮めた。

「ごめんなさい、邪魔するつもりはなかったんです」

「ポルトガルフェスタのアレンジを考えていたんだ」

杏子は、含みを持たせた間を作ってしまったことを後悔した。音が哀しいのは聖也の心を反映しているからかもしれない。

「ダメだね。今日はどうも調子がでない」

「そういうこと、ありますよ！　あたしなんかしょっちゅうです！」

収まれ心臓！　あともう少しだけ、近づきたい。杏子はおずおずと質問した。

「先輩、おうちでは楽器やらないんですか？」

「三歳からピアノとバイオリンをやっている。ずっと音楽漬けだよ」

杏子は小さく感嘆の声を漏らした。

「音大の指揮科を目指しているからね」

「指揮科って、難しいんですか」

聖也の表情が引き締まった。

「そうだね。指揮者には楽器の実技や音楽の知識が必要だ。だけど、それだけでは務まらない。リーダーシップやカリスマ性も求められる」

あたし、先輩のこと何も知らなかった。杏子はうつむいた。

「指揮科を目指す人達は高校の吹奏楽部なんて籍だけってことが多いんだ。一流の先生の指導を受けている。でも僕は、実際に指揮者としてやっていく為に、部員たちとしっかり触れ合いたかった。だからこの高校に入ったんだ」

迷いのない言葉に、突き放されたような気がした。先輩は、なんて壮大な夢を見ているのだろう。再会して一緒に演奏しているだけで夢が叶ったと浮かれていた自分の浅はかさが恥ずかしくなってくる。

「誰にも何も言われないから、ここで弾くのは好きだ」

聖也が鍵盤をひとつ、人差し指でぽーんと叩いた。ファの音は行き場をなくしたみたいにぼんやりと響いて消えた。遠い人だということは最初からわかっていたんだ。今は、そばにいられればそれでいい。杏子はそう自分に言い聞かせた。

「あたしでよかったら、なんでも言ってください」

思わず言ってしまって慌てた。聖也は微笑んだ。気持ちが通じた。もっと通じたい。弱音でも重圧でも悩みでも、なんでもぜんぶ受け止めたい。

「杏子！」

音楽室を出ると、廊下の先の楽器置場から奈月が顔を出して叫んだ。その前を丁度、片瀬が通りすぎる。すれ違い様に奈月が片瀬の背中を目で追ったのを杏子は見た。

「ゴメン、待たせちゃった？」

杏子は奈月に駆け寄ると、めいっぱい笑顔を作って両手を擦り合わせた。自分は平気で待たせるのに、奈月は杏子が遅れると不機嫌になるのでいつも気を遣う。

「今ね、聖也先輩がピアノ弾いてたの。先輩ピアノもすっごいうまいんだよ。感動しちゃった」

言いながら、聖也の顔を思い出したら胸が痛んだ。奈月はどこか上の空だ。

「杏子、最近片瀬君と仲いいね」

「はあ？　なんで？　どこが？」

「杏子といるときは片瀬君、笑うじゃん」

「単に人のことバカにして笑ってるんだよ、あいつは」

「そうかな、実は杏子に気があったりして」

その言葉に杏子は、思いがけずどきっとした。

「やめてよ、絶対ないない！」

「あたし、片瀬君が好き」

奈月の言葉に、心臓がぎゅっとなった。どうして奈月はこんなにストレートに好きと言えるのだろう。

「杏子、協力してくれるよね」

素直に喜べばいいだけなのに、作り笑いが癖になっている。あんな意地悪な奴の一体どこがいいのだろう。奈月の趣味こそよほどわからない。

海の日の空は冴え冴えと晴れ渡り、爽やかな風が吹いていた。

平成二年に改築された犬吠駅は、ポルトガル風の駅舎だ。三角屋根の近代風な駅舎は煉瓦造りだったが、老朽化が進み全部剥がされて久しい。駅構内では名物のぬれ煎餅や秋刀魚や鰯の佃煮などの土産物が売られており、少々マニアックな鉄道グッズも販売されている。

背の高い南洋植物がエキゾチックに生い茂る広場の入口の両脇には、高々とポールが立てられ、ポルトガルの国旗が誇らしげにはためいていた。

各々の楽器を持って到着した制服姿のチョーナン吹奏楽部を迎えたのは、食欲をそそるスパイシーな匂いだった。

「うわー、あの料理、美味しそう！」

屋台では馴染みのないポルトガル料理が販売されている。チョーナン吹奏楽部の部員達は異国ムードにすっかり浮かれていた。

「ちょっと外国みたいじゃん」

いつもの駅がいつもと違うことが杏子の緊張を増幅させている。さっきから心臓が変な風にドキドキしている。こんなにたくさん人がいるのに、なんでみんなそんなに能天気でいられるのだろう。

「おいおい、あれポルトガル関係ないじゃん」

ぬれ煎餅を売っている屋台を見て片瀬が突っ込んだので部員達が爆笑した。

「いえいえ、よく見てください。隣に『ぬれカステラ』が置かれているでしょ。カステラはポルトガルのお菓子ですからねッ！」

突然現れて強引なこじつけをしたのは銚子電鉄の社員の洋一だった。屋台にいたらしく、エプロン姿だ。片瀬は「誰？」という顔をした。

「銚子電鉄のイベント担当の方だよ。挨拶して」

聖也の言葉に、片瀬はぺこりと頭を下げた。

〝銚子電鉄のヨーイチさん〟は先輩たちには毎度おなじみのようだったが、杏子は昔からよく知っていた。駅や車内でよく見かける駅員さんだからだ。どうにも頼りない感じだけど、洋一さんを見ているとなぜかほっとする。ひょろりとした痩せ型で、柔らかそうな髪。額が少し薄い。高校生相手にも常に敬語で腰が低く、人のよさそうな笑顔を浮かべるたびに目尻がぐっと下がった。

「ヨーイチさん、再婚したんだって」

部員の男子生徒のその声で、他の男子生徒の一人がヒューと大声で叫び、生徒達もしきりにヒューヒュー！　と続いた。副部長が手をパン！　と打つと練習中のように生徒達はピタリとやめたが、副部長が場を外すと、途端に部員達は懲りずに「やるう！」とか「ヨーイチさんのどスケベ！」などと冷やかし始めた。洋一は怒りもせずに恥ずかしそうに笑うだけだ。ずっと独身だとばかり思い込んでいた杏子はびっくりした。

「ではみなさん、お願いしますね！」

洋一の掛け声に、高校吹奏楽部の面々は「はい！」と、勢いよく返事をした。

ずっと楽しみにしていたはずなのに、いざ広場の特設会場の小さなステージを見た杏子は緊張でがちがちになっていた。緊張するような聴衆ではないのはよくわかっているけれど、聴衆相手の演奏ははじめてでどうしようもなく心細い。

「バカか。お前みたいな下手くそが、今更緊張したってしょうがないだろ」

「は？　緊張なんてしてないし！」

杏子は片瀬を睨みつけた。

「大福ががちがちになったら食えねえや」

いよいよ杏子たちの出番である。落ち着け、といくら自分に言い聞かせても震えが止まらない。指揮者の聖也が杏子の目を見て、にっこりと笑った。「大丈夫」と、言うように。力がすっと抜けた。聖也が指先を振り上げた。あのしなやかな指先が指揮する、その音を奏でるのは、自分なのだ。

無我夢中だった。気づいたら拍手が鳴り響いていた。マウスピースを外すと口元が微かに震えていた。じわじわと体の奥から感動がこみ上げてくる。杏子は聖也の顔を見た。目と目が合う。その表情を捉えるより先に、杏子は慌てて目を逸らした。

楽器をしまっていると聖也に声を掛けられた。

「帰りはどっちなの？」

「本銚子駅です」

「実は僕、銚子電鉄って乗ったことないんだ。今度乗ってみようかな」

「いや、あの、特に、何も……ないですけど」

せっかくちゃんと会話してるのに。もっと何か話さなきゃ、焦っていつも肝心な時に限って言葉がうまく出てこない。こんなときは泣きそうにもどかしい。

「じゃあ」

聖也が軽く手を挙げた。駐車場に停まる、やや場違いな高級そうな車に乗り込む姿を杏子は見送っていた。不安がこみ上げてくる。世界が違う気がして、ぼんやり悲しくなる。信じていたはずの運命は些細なことで崩れそうになるほど、か細くてもろい。

気がつくと奈月がいなかった。杏子は人ごみを見渡した。突然知らない異国に一人取り残されてしまったようで心細くなってくる。

哀愁のあるのびやかな歌声が広場中に響き渡った。杏子がハッとしてステージを見ると、黒髪のベリーショートで赤いドレスの女性歌手が歌いだした。身長は、あたしと変わらないのになんであんなに女らしいのだろう。魅力的な歌声に杏子は惹きこまれた。

曲が終わると観客がピューっと甲高い口笛を吹いた。ステージでは蝶ネクタイをした司会が説明をしている。

「ファドは、ポルトガルで生まれた民族歌謡。ファドとは運命、または宿命を意味します。ドラマティックでしょう」

聖也とこの場所で出会ったときのことが頭をよぎる。

奈月はなかなか見つからなかった。ファドを歌っていた女の人が、まっ白いTシャツにジーンズ姿で美味しそうに屋台の前でポルトガルビールを飲んでいる。

彼女から少し離れた場所をごついカメラを持った熊のような風貌の青年がうろうろしているのが目に入った。その風貌はいかにも、銚子電鉄によくいる「撮り鉄」だ。一見して挙動不審だが、おどおどしているその顔をよく見るととても悪いことをするように見えない。熊青年は何度か彼女に声を掛けようと試みているがなかなかうまくいかない。

「あー、もう！」

杏子は思わず声を上げた。見ている方がもどかしくなる。ひょっとしたら、女の人は気づいているのではないかとふと思う。熊青年が数度目の声掛けに失敗した時、ひょっこりと電車翁が現れた。翁は、女の人に向かっていきなり大声を掛けた。

「おおい、そこの綺麗なお姉さん！」

ビール片手の彼女が翁を見て首をかしげて笑った。電車翁はにこにこして熊青年のごついカメラを指差した。

「ここにこんなに立派なカメラを持っている殿方がおりますよ。せっかくだから、撮ってもらうといい」

熊青年はみるみる真っ赤になった。電車翁はすたすたと立ち去って行った。なんともとぼけた老人だ。青年が必死に笑顔を作ろうとしているのが痛ましい。きっとあの女の人に恋をしているのだろう。杏子は気になったのでさりげなく二人に近づいた。

「ファドって、運命って意味があるんですね」

見るほどに純情そうな青年が丸い黒い目をきらきら輝かせて言った。その言葉は彼にとって大切なことなのだ。彼は、彼女に運命を感じているのだ。女の人は急に不機嫌な顔になった。

「馬鹿じゃないの。運命なんて、あるわけないじゃない」

その言葉は、杏子にも突き刺さった。まるで占い師から悪い予言を聞いてしまったような気分。どうしてファドを歌っているのに、運命を否定するのだろう。

杏子は二人から離れた。恐ろしい予感が頭を過る。たとえば、絶対的な運命って感じたことが、一方的な勘違いだったら？　夏服のブラウスの背中に伝う汗は、氷の欠片が這うみたいに冷たい。

犬吠駅のホームを囲う白い壁には、コバルトブルーのタイルに縁どられ、アーチ型にくり抜かれた窓が並んでいる。その窓からホームを覗きこむと、ホームに奈月が立っているのが目に入った。声を掛けようとして止まった。

奈月は嬉しそうに誰かに向かって話しかけている。奈月があんなにハイテンションなのは見たことがなかった。

奈月の横に立っていたのは片瀬だった。後ろ姿の片瀬の表情はわからない。

「杏子といるときは片瀬君、笑うじゃん」

奈月の言葉が頭をよぎる。あいつ今、笑ってるのかな。なぜか、そんなことを思った。

「奈月！」

アーチ型の窓から顔を出して呼んだ。杏子を振り返った奈月は露骨に嫌な顔をした。

ほんの一瞬だもん、見間違いだよ、と杏子は無理やり自分に言い聞かせる。

「はは、窓から大福が顔出してら」

片瀬が振り返った。いつものように唇の左端を吊り上げて笑った。今も笑っていたのだろうか。バカみたい。なんであたしこんなこと考えるの。

「奈月、そろそろ帰ろ」

明るい声を出すつもりが、少しうわずってしまったのが妙に恥ずかしい。

「杏子、ごめん、今日は片瀬君と帰るからさ」

全然ごめん、とは思っていない返事だった。

「わかったー。ばいばい」

小刻みに手を振りながら、どうしてこんなに無理やりに笑顔を作っているのか自分でもわからない。だけど、そうしなければきっと自分は嫌な顔になってしまうことだけはわかっていた。その嫌な顔がどんな顔なのか考えるのもゾッとする。

「あばよ、大福」

片瀬の言葉に、杏子は振り返らなかった。

夏休みが始まった。武彦はまだ50'Sドリームに立てこもったままだ。意外と頑固な面があるのだと杏子は知った。美菜と二人きりの生活は息が詰まりそうになる。段々不安になってきた。パパはもう戻らないつもりかもしれない。お母さんはそれでもいいのだろうか。大人は勝手だ。どうしてこんなことになってしまったのだろう。どうすればいいのだろう。いくら考えても杏子にはわからない。

夏休みも毎日のように練習があるのは幸いだった。大好きな聖也の姿を見ている間は心配事もぜんぶ吹っ飛んでしまう。

「なんつー顔して吹いてんだよ」

片瀬が呆れ顔をした。

「ほ、ほっといてよね」

片瀬は、奈月の好きな人だ。もともと近寄りたくない奴だけど、今まで以上に遠ざけないといけない。意気込むと、どうしても態度がぎくしゃくしてしまう。

「お前、ほんっとわかってねえな。一人がそういう態度だとみんなの士気が下がるんだよ」

片瀬は平然と痛いことを言う。腹が立つので言い返さずにはいられない。

「そんなこと言われたって、どうにもならないときだってあるの！」

「どうせまた、『聖也先輩』だろ」

バカにしたような言葉に、杏子は不機嫌に首を振った。

「それ以外に、なんの苦悩があるってんだよ」

「パパが、家を出ていったの。もう戻ってこないかもしれない」

片瀬は黙っていた。杏子は自分のサックスを見た。パパが買ってくれたサックスはまだピカピカに光ってる。罪の元凶だなどとそ知らぬ顔で。

「パパとお母さんは、あたしを介してつながっていただけだったのかなって思ってさ。夫婦ってそんなに簡単にほどけちゃうものなのかな」

誰にも言えなかったのに、どうして片瀬相手にこんな話をしているのだろう。誰かに話をしたかったのかもしれない。深刻に思わない相手に。

「ま、子供の為に生きる親っていうのは模範的なんだろうけど、親にだってある程度の自由はあるわけじゃん。もうガキじゃねえんだからさ。わかってやれば」

信じられない言葉だった。大人を判れなんて、どうしてそんなふうに思えるの。あたしたちは、まだ、十六歳だ。

「とにかく、ここでは考えるな」

きっぱりとした言葉だった。だけど不思議に冷たいとは思わなかった。

「みんないろんな事情を抱えて、それでも自分の音を出してる」

心のどこかに、片瀬に同情して欲しいという気持ちがあったことに気づく。たまらなく恥ずかしくなる。

「だから、そんな顔すんなつってんの。全部忘れて吹け」

片瀬は持っていたスティックで机を叩いていたが、思い出したように手を止めた。

「そういえば、ポルトガルフェスタん時、青柳に告られた」

胸の奥が小さくうずいた。

「本当？」

「お前、どうしてあいつと友達なの？」

片瀬は応えずに、唐突に問うた。杏子はぎくっとした。

「断ったよ」

杏子は驚いて顔を上げた。

「なんで？　どうして？　奈月あんなに美人なのに！」

興奮気味の杏子に片瀬はあきれたように、はあ、と息をついた。

「おまえさ、男が見た目だけで女を選ぶと思ってんの？　だとしたら男なめすぎ」

「そういうこと言うけどさ、片瀬だって可愛くない子と可愛い子と二人から告られたらさ、絶対に可愛い子の方を取るでしょ！」

杏子がむきになって反発すると、片瀬はいつものように小馬鹿にした顔をした。

「だから、その可愛いって基準が自分勝手なんだよ、おまえは」

悔しかったがそれ以上言い返せなかった。

「ま、俺が変わってんのかもしれないが」

片瀬は独り言のようにつぶやいた。

「え？　今なんて言ったの？」

「なんでもねえよ」片瀬は意地悪く笑って出て行った。

情けなかった。あたしって、どうしてこんなに独りよがりで子供なんだろう。心の中がもやもやしている。大きく首を振る。今だけ、忘れよう。そう念じて杏子はマウスピースをくわえた。

チャイムが鳴った。部室を出ると夏の日差しを浴びた廊下が眩しい。くらくらする。

「大福！」

振り返ると片瀬がいた。

「ほらよ」

片瀬は丸い物を放ってよこした。杏子は慌ててキャッチした。それは、セロファンに包まれた苺大福だった。いつの間に買って来たのだろう。

「共食いしとけ！」

意地悪に笑いながら去っていく。奈月が近くで見ていた。杏子はどきっとした。

「ほんと失礼な奴！」

腹立たしげに言いながら、杏子はそっと苺大福をポケットに隠した。

「お弁当、どこで食べる？」

奈月は機嫌が悪そうに黙っている。奈月はここのところ、ずっと不機嫌だった。その理由をついさっき知ってしまったけれど、どうしていいかわからない。

「ランチルーム行く？　お天気いいし屋上の階段でもいいよね」

「おなか減ってないから」

「大丈夫？　どっか痛いの？」

「うるさいな！　ほっといてよ！」

感情的な声だった。杏子は驚いて奈月の顔を見た。

「杏子ってさ、ほんっと、鈍いね」

「……え？」

「自分の無神経さに気づいてないの？」

訳がわからなかった。いつだって、気まぐれで気分屋で平気で振り回して来たのは奈月じゃない。

「いっつも自分のことばっか喋って、自分が楽しいときだけ浮かれまくってさ、一度だってこっちの気持ちなんか考えてくれたことないよね」

「そんなことないよ。なっちゃんだって、もっとちゃんと言ってくれたらさ」

言いかけて口をつぐむ。奈月が片瀬に振られたことは気づかないふりをしないと。

「はあ？　話合わないだけだし。なっちゃんとか呼ぶのも勘弁してよね。ダサい」

痛すぎる一撃だった。杏子はよろめいた。背を向けた奈月の背中のリュックサックについているキーホルダーの金具が揺れている。引きちぎられたピンク色の糸が絡みついている。昨日までは杏子とおそろいの恐竜のマスコットがそこにぶら下がっていた。スカートから伸びた長い脚が、映画のワンシーンみたいに遠ざかっていく。それは悲しいほどかっこよかった。

杏子はしばらくの間、呆然としていた。ポケットに手を入れると柔らかいものが指先に触れた。ほんのりピンク色のやわらかなイチゴ大福。セロファンをはがして乱暴に大福を口にほおばる。弾力のある求肥を噛みきったら、甘ったるい粒あんが舌の上に残る。季節外れのせいか苺はやけに酸っぱく舌を刺激する。涙をこらえる。アンバランスだ。何もかも。

「ここでは考えるな」

腹が立つ相手だが片瀬の言葉は精神を集中するのに役立った。強くなりたいと思った。今はただ、何も考えないで音に集中すればいい。譜面台に向かっていると奈月がふらりと入って来た。薄ら笑いをしている。

「さっすが杏子。まるで初心者とは思えないよ。練習した甲斐があったじゃん」

さっきあんなに酷いことを言ったのをまるで忘れているかのような能天気な振る舞い。なぜか嫌な予感がした。

「やっぱさー、マイ楽器持ってると違うよねー」

「何が言いたいの？」

「別に。ただ、ラブホでバイトまでしてた甲斐があったなって」

ふと見ると聖也が立っていた。杏子は、悪い夢を見ているような気がした。そうだ、これはきっと夢。だから、早く。

「あ、もしかして、ラブホが何する場所か知らなかったりして」

「やめて！」

お願い、覚めて、夢なら。

悲鳴みたいな声だと自分で思った。聖也の顔を見ることはできなかった。

「やだー、杏子の顔、こわーい。元の大福に戻ってよ」

奈月がはしゃいで笑った。


ホームに止まっていた外川行の下り列車は芋虫号ではなく、一両編成の黄色い電車だった。飛び乗った途端、目に涙が溢れてきたのを必死でこらえる。ここで泣いたら、奈月の思う壺じゃない。だけど。もうダメだ。何もかも終わってしまった。軽蔑された。嫌われた。あたし、明日から一体、どうやって生きていけばいいの？

目の前に深い皺の刻み込まれた大きな掌が差し出された。その掌の真ん中には大粒の飴玉がひとつ載っている。顔を上げると、電車翁だった。

「青春とは、尊いものです」

ほっといてよ、もう。おじいちゃんは空気読めないんだから。電車翁はそんな杏子の様子などお構いなしに、

「この飴玉を舐めるとね、元気が出ますよ。本当です。騙されたと思って舐めてみな

さい」

　呑気に言って掌をぐいと突き出した。杏子は無言のまま飴玉をつまみ取ってぺこりと頭を下げた。やけに厳重に捩じってある赤いセロファンの両側を反対方向にくるくる捩じり戻す。ラムネに入ってるビー玉みたいに透き通った大粒の飴玉を口にほうりむと、懐かしい甘さが口の中にじんわり広がった。甘露以外の余計な味は一切しない。かといって甘ったるくもない。甘いという感覚は心を落ち着かせるみたい。苺大福の甘味が蘇る。もしかしてあいつ、気を遣ってくれたのかな。杏子は口の中で大きな飴玉をごろごろと転がし続けた。本銚子に着いたが、杏子は降りなかった。

「口にほうりこんだ飴玉の甘さはずっとは続きしないのです。飴玉はいつか必ずなくなるものだからです」

　電車翁が何を言っているのか、杏子はわからなかった。ひょっとしたら、パパの田舎のお祖父ちゃんみたいに、日常生活のわずかな触れ合いではわかんないくらい、ほんの少しだけ、ズレているのかもしれない。舌の上で転がしていた飴玉はすっかり小さくなって魅惑的な甘味は薄れてきている。

「お嬢さんは、これからまだ色んな色や形の飴玉を口に入れます。大きい物も小さい物も苦いのも辛いのも酸っぱいのも。だけど、ずっと大切に舐め続けていたいような飴玉も、吐き出してしまいたくなるようなひどい味の飴玉も、いつかは必ず、舌の上で消えてしまいます」

何かがわかりかけたような。もやもやする。考えているうちに、飴玉は舌の上で甘い唾液と一緒に溶けて消えていった。

「飴玉は溶けて消えてしまっても、必ず、お嬢さんの中に何かを残します」

ロイド眼鏡の奥の瞳がきらりと光った。絶望を照らす一筋の光のように。

「いつかその何かは、必ず、お嬢さんの支えになりますよ」

翁はそう言い残して、君ヶ浜で降りて行った。

不意に泣きそうになる。振り払うように車窓の外を見ると、鮮やかな黄色が飛び込んできた。杏子は眩しくて目を細めた。無数に咲く向日葵が滲んで見えた。

夏休みは半分終わろうとしていた。奈月は部活に顔を出さなくなった。杏子は、視線で聖也を追いかけるのを止めた。もう自分には、聖也を追いかける資格はないのだ。いいの、このまま先輩が引退するまでこの指にだけ、従う。そう誓う。

「椎名さん、ちょっといい？」

この声で呼ばれるとどうしても反射的に身体が強張ってしまう。練習以外で伶香に声を掛けられたのは初めてだ。よく見ると太いフレームの眼鏡の奥の瞳は意外にぱっちりしている。ちょっと雰囲気を変えたらけっこう可愛いかも、などとつい考えてしまう。伶香はまっすぐに杏子の目を見た。杏子は覚悟を決めた。自分でもわかっていた。近頃、練習に身が入っていないことを責められるに違いなかった。

「最近、元気がないみたいね」

「えっ、あ、はあ」

驚いて間の抜けた返事をしてしまった。

「何かあったの？」

「い、いえ別に何もないです」

「そう。ならいいけど。何かあったら相談してね。部活以外のことだっていいから」

指摘を受けたわけでもないのにどきどきが止まらなかった。廊下に出ると片瀬がいた。どうしてこいつは、いつもこういう時にいるのだろう。

「橘先輩にこってり叱られたか」

杏子はむっとして否定した。

「決めた！　あたし、橘先輩みたいになる」

「はあ？」

「だってカッコいいもん。恋なんて無縁で吹奏楽ひとすじ！　あたしもこれからは青春を吹奏楽に捧げる！」

片瀬は、何か言いかけてやめた。あきれたような顔をしている。

「ま、その方が身のためだな」

自分が言い出したことだが、そう言われるとやっぱり腹が立ってしまう。杏子はふくれっ面をした。

聖也が二年生に告白されたという噂が流れたのは残暑厳しい九月の始まりだった。

告白した二年生はファンクラブの一員だった。指揮者の王子様ファンクラブは「清く正しく美しく」がモットーで、「①何があろうと決して抜け駆けをしない。②聖也様情報はすべて共有する。③聖也様には絶対に迷惑を掛けない」の三原則を厳守することになっていたのは周知の事実で、掟破りはなにかしらの制裁を受けているかもしれないとの穏やかでない噂もまことしやかに飛び交っていた。

杏子はファンクラブに入っていなかったし、噂にも特に動じなかった。抜け駆けしてしまった女子の気持ちがわかる、と同情できたのはもちろん、その子が見事に振られたからだろう。だが、その理由がひそやかな噂として耳に入ってきたとき、今度は激しく動揺した。

「聖也先輩、好きな人がいるって断ったらしいよ」

ある放課後、杏子が廊下の隅でアルトサックスできまぐれに「恋の片道切符」を吹いていると、片瀬が顔を出した。

「なんだ、誰かと思ったらお前かよ」

杏子はマウスピースから口を離した。相変わらずいちいち癇に障る奴。

「邪魔しないでくれる」

「いいから、ちょっとこっち来い」

片瀬が手招きした。無視すると、片瀬は杏子の手首を掴んだ。

「ちょっと、何すんのよ！」

皆がいる視聴覚室まで連れて行くと片瀬はやっと杏子の手を放した。片瀬は颯爽とドラムセットに座った。

「俺が叩くからもう一回やってみろ」

何が始まるのかと聖也と部員達が一斉にこちらを見た。杏子は頬が熱くなった。片瀬が『恋の片道切符』のイントロのリズムを叩いた。杏子は、咄嗟にサックスを吹いていた。

部員たちは呆れたように聞いている。まったく、なんでこいつはこういうことするの。そう思いながらも、片瀬のリズムに乗るのは心地よかった。

「部長、チョーナン祭はこの線で行きませんか？」

「オールディーズか。みんな踊れるし、いいかもしれないね」

チョーナン祭は毎年秋に開催される、銚子南高校の文化祭だ。その後夜祭で、吹奏楽部のステージイベントが予定されていたが、まだどんな曲を演奏するかは決まっていなかった。片瀬の提案はそんな事情からだった。中にはオールディーズを知らない部員もいたが、多数決を取るとぎりぎり半数を超えて可決になった。

だが、今の杏子はどうしてもチョーナン祭のことを考えられないし、考えたくもなかった。正直に言えば、どうでもよかった。「先輩に好きな人がいる」という噂が片時も頭から離れない上に、祭りが終われば、先輩が吹奏楽部を引退してしまうからだ。そうしたらもう顔が見られないばかりか、卒業後は指揮科に行って、きっと自分のことなどすっかり忘れてしまうに違いない、と考えはどんどん悪いほうへ悪いほうへと落ちて行った。

土曜日の練習は午前中で終わりだった。学校から帰宅した杏子は自転車に飛び乗って君ヶ浜の海岸沿いを走る。

50'Sドリームに行くのは久しぶりだった。武彦が経営を続けることを主張して立てこもって久しい。元々一人暮らしが長かったという武彦はホテル内の小さなガスコンロを使って自炊し、それなりに生活をしているようだった。

昼下がりの客がいないラブホテルはいつも退屈そうに大あくびをしている。武彦はショッキングピンクのシーツがかけられたダブルベッドの部屋に杏子を招き入れてエアコンを入れた。嬉しそうに杏子に瓶のバヤリースを渡して、自分はバドワイザーのプルタブを開ける。

「言っとくけど、今日は特別だからな。アンが来たから」

「ねえパパ。そろそろ帰ろうよ」

武彦は答える代わりにビールをぐいと飲んだ。その様子は拗ねているようにも迷っているようにも見える。

「パパはさ、家族がいなくてもいいの？」

武彦は黙っていた。

「こないださ、自殺しようとしてた人を助けたよ」

武彦が唐突に言った。

「ほんと？」

「ああ。犬吠埼で海に飛び込んだ中年の男をここで介抱した」

どうして今そんな話をするのだろうと思いながら、杏子は感嘆の相槌を打った。

「その後、奥さんが来たよ。夫婦の諍《いさか》いが原因だったみたいなんだけどね。夫婦の絆っていうのかなあ、そういうの、見せつけられた」

もう頬が赤かった。酒豪の母親と違って、父親は酒が弱い。

「なんのために今まで真面目に生きて来たと思ってんだよ」

吐き捨てるようなその言葉に、杏子は何と返したらいいかわからなかった。

「あーあ。俺、美菜にとって、なんなのかな」

武彦はこてんとベッドに倒れ込んだかと思うと、すうすう寝息を立て始めた。急に辞めてしまったパートのおばちゃんの代りに、朝までフロントにいるらしい。普段なら今が就寝時間なのだと気づく。杏子はベッドに体操座りをして、子供のように無邪気な父親の寝顔を見ていた。

パパが、「ママ」じゃなくて美菜と呼んだのは初めてだ。今まで、パパとお母さんは自分を産んだ親という認識しかなかった。男と女だなんて考えたこともなかった。パパとお母さんも、かつて恋をしていたんだ。電車翁が言っていたみたいに、甘い飴玉や苦い飴玉を舐めて来たのかもしれない。何だか、不思議な気がした。

杏子は思わずホテルの部屋にある電話の受話器を手に取った。母親はツーコールで出た。

「もしもし。なによ、杏子？　この番号どこからなの」

「そんなことより、大変なの！　パパが！」必死に焦った様子を出す。

「どうしたのよ」

「ホテルで、倒れて」

「それ、本当なの」

聞いたことがないような緊迫した声だった。自分がしでかしたことに身震いする。だけど、もう後には引けない。

「今、部屋のベッドで寝かせてる」

「直ぐ行くわ」

美菜の運転するミニバンが駐車場に急停止する様子がモニターに映し出されたのは、杏子がフロントに戻ったほんの十分後だった。派手なスカーフを巻いて黒のタイトスカート姿で現れた美菜は、入って来くるなり叫んだ。

「どこなの！」杏子は、慌ててフロントの中から転がり出た。

「……105号室」

美菜が武彦のもとに向かう間、杏子はいつもの赤いソファでぎゅっと膝を抱えていた。二人はどんなことを話すんだろう？　そんなことを考えているうちに、いつの間にかうとうとしていたようだった。あっと言う間に戻ってきた美菜に起こされてぎくっとしたが、意外にも母親は怒っていなかった。

「杏子も乗っていきなさい。家まで送るわ」

「いいよ、自転車で来たから」

「面倒ばかり言わないの。嘘まで吐いたんだから、言うこと聞きなさい」

パパと話がしたかった。美菜はいつだって強引だ。動き始めたミニバンのカーラジオからオールディーズが流れた。ラジオ局を変えようかと思っていたら美菜が口ずさみ始めたので杏子は驚いた。

「パパ、戻ってくる？」

「さあね。どちらにせよ、あれだけ元気なら大丈夫よ」

美菜の横顔はいつもより穏やかだ。

「それなりに一緒に乗り越えてきてるの。そんなに簡単に別れない」

思いがけぬ力強い言葉だった。

「パパとお母さんがどうして夫婦なのか、なんとなくわかった気がする」

美菜は不思議そうに助手席の杏子を見た。

「そう、杏子もそんなこと言うようなお年頃になったのね」

「もう十六歳だよ」

「恋は人を成長させるものね」

杏子はどきっとした。

「たとえぶつかって破れても、全力で頑張ったことに何一つ無駄なことはないのよ」

ちょっぴり泣きそうになった。落ち込んでいたことに、お母さんはちゃんと気づいてくれていた。

その夜、武彦は何事もなかったように、「たっだいまあ!」と能天気に帰って来た。


杏子は部屋の日めくりカレンダーを破るのをやめた。焦る。毎日が切なかった。このまま、終わってしまうの？　先輩の好きな人って誰なの？

チョーナン祭が近づく中、日曜日も練習に駆り出されていた。演奏にはほとんど気持ちが入らなかったが、無難にこなした。午後三時に部活を終え、やりきれない気持ちをかかえたまま、銚子駅へ向かった。

ホームを渡り、下り電車に乗り込んだ杏子は学校の中庭にある「考える少女」の銅像みたいに固まった。

聖也が乗っていたのだ。杏子は慌てて目を逸らして窓の外を見る。ガラスに聖也の姿が映っている。なんで？　どうして？　期待で胸がいっぱいになるのを抑える。

ガラス越しの聖也が杏子に近づいて来る。

「思わず乗っちゃった」

悪戯っぽく笑う聖也の姿がまぶしすぎて眩暈がした。窓の外はいつもの景色だ。灰色の醤油工場は今日も煙をもくもく吐き出している。

「この電車、無くなっちゃうかもしれないいんだってね」

「あんまり実感、ないんですけどね」

車窓いっぱいに玄蕃山の緑が広がる。言葉がうまく続かない。ドアの一枚窓に並んで立って外を見ていると、野性的な緑が優しく手を広げて列車を受け入れてくれているような気がして、少しだけ肩の力が抜けた。

「間もなく本銚子駅」アナウンスが流れて電車は減速する。

「先輩は、どこまで行くんですか？」

「せっかくだから終点まで行ってみるよ。漁港をぶらぶらして折り返しの電車で帰ろうと思ってる」

胸がうずいた。降りたくない。このまま先輩と、どこまでも一緒に行きたい。そう思いながら、どうしても勇気が出せないでいた。

ドアが開いたので渋々降りる。「また来週ね」と聖也が手を振った。

杏子は閉まる直前の電車に飛び乗っていた。聖也は驚いた顔をして、にっこり笑った。杏子も決まり悪そうに微笑み返した。

電車は民家すれすれをがたごとを走る。時折、伸びすぎた枝が窓にぴしりと当たる。

エアコンがない車内ではのんびりと扇風機が回っている。杏子はほんの少し、聖也に近づいた。1ミリ近づくごとに鼓動が高鳴る。

「次は、西海鹿島駅《にしあしかじまえき》」

アナウンスが流れる。茶色いバラック小屋が見えた。この駅は銚子電鉄では一番新しい駅ながら、駅舎の粗末さもナンバーワンだ。

「バス停みたいだね」聖也がくすりと笑った。

あ、また見たことない顔した。大切に心の中にしまう。この表情をこの一瞬を、一生大切に取っておく。線路沿いに咲き誇るコスモスも、ふわふわの鱗雲もぜんぶ一緒に。

一面のキャベツ畑が広がる。その向こうに茂る木々の合間に、おとぎの国のお城みたいに可愛らしい小さなまっ白な灯台の頭が垣間見える。

「あれが犬吠埼の灯台です」

説明すると、聖也は子供のように窓に張りついてじっと見ている。

「子供の頃、母に竹久夢二の童話集を買い与えられてね。その中に『おさなき灯台守』っていう話があって。灯台守の小さい息子が、難破船の救出に向かった父親の為に死にもの狂いで霧笛を吹き続ける、それだけの話なんだけど。何回も読んだ」

「知らなかった。竹久夢二って美人画を描いてるだけの人だと思ってました」

杏子も犬吠埼灯台を見た。遠くから見る守り神は、違う顔をしている。

「その灯台守の息子に憧れたんだ。灯台守になりたいって思ってた。灯台の灯火《ともしび》を守る人に」

電車は十数秒で灯台を通り抜けた。聖也は名残惜しげに窓の外を見ている。その横顔を眺めながら、聖也に守られる灯火になりたいと杏子は思った。

ふっと噂が頭を過る。先輩の好きな人、もしかしたら。そんなはずないよね、一人照れ笑いをしながらそっと傍らの聖也の整った横顔を見る。

レトロな木造の外川駅のベンチに並んで腰を下ろす。デートみたい。聖也がおごってくれた缶ジュースは飲むのが惜しかった。折り返し電車の発車が迫っていた。電車に乗ってしまったら十五分も一緒にいられない。別れを考えると急に寂しくなる。

二人の前を大きなトランクケースを持ったショートカットの女が通り過ぎた。ふて腐れた顔をして乗り込んで行く。杏子ははっとした。あのファドの歌手の女の人だ。

上りの銚子行電車がゆっくりと走り出す。並んで座る杏子と聖也の斜め前に座る彼女は、周囲の何もかもを否定するように窓の外を見ている。

「馬鹿じゃないの。運命なんて、あるわけないじゃない」

その横顔はそう語っているようだった。杏子は不吉な予感を振り払うように女の人から目を背けた。隣には聖也がいる。大丈夫。運命は、まだここにある。聖也はまっすぐ向かい側の窓の外を見ている。

「時々、自信を失くすんだ」

不意に放たれた、その言葉の意味が一瞬わからなかった。

窓の外を小さくて白い灯台が流れていく。

「これでよかったのかって、本当は、ずっと迷ってた。情けないよね」

「そんなことないです。聖也先輩は」

言葉が続かない。間違っていないなんて、自分なんかが言える立場じゃない。

「ごめん。こんなこと、言うつもりなかったのに」

聖也が決まり悪そうに苦笑いした。杏子は込み上げる笑みを抑えた。先輩に弱い面があるなんて考えてもみなかった。電車の揺れに合わせて触れそうになるぎりぎりまで、気づかれないようにそっと近づく。このまま、ずっと、そばにいて支えられたら。ただ守られる灯火じゃなくて、あたしは、先輩を照らしてあげる灯火になりたい。車窓を流れる景色を聖也と見ながら、杏子はそう強く思った。

「また、一緒に電車に乗ってください」

その夜、自室の鏡の前で杏子は何度も繰り返していた。はきはきと歯切れよく言ってみる。恥ずかしそうにはにかんで言ってみる。何でもないことのようにさらりと言ってみる。言い方を変えたところで結果が変わるわけでもないのに杏子は熱心に繰り返し続けた。タイムリミットまであと少し。もう焦るのも迷うのもやめた。全力でぶつかって、破れたって構わない。

机の上には、合格祈願切符が置いてある。銚子電鉄で販売されている毎年恒例の特別切符だ。験のよいものが入っているユニークな縁起物で人気が高い。

杏子はこの三枚の切符に自分の思いのたけをすべて託そうと決めていた。

ただ一言、「また、一緒に電車に乗ってください」この一言が言えればそれでいい。きっと先輩は受け取ってくれる。

「卒業しても終わりじゃないよ」と、聖也先輩は言ってくれる。きっと、きっと。

初めてのチョーナン祭は何もかもが楽しかった。後に控えている後夜祭の演奏を忘れそうになるくらいだった。今日が先輩に思いを伝える日であることを思い出すと、途端にそれどころじゃなくなったが、杏子は学校全体の高揚感に酔いしれていた。

だから、廊下の片隅でたむろっている三人組を見た時、もう一つ心に決めていたことを行動に移した。

離れていても鼻をつく香水の匂いに、むせ返りそうになったが、杏子は三人の前へ向かった。

「は？　なんなの？」

奈月は迷惑そうに顔をしかめた。久しぶりにまじまじと見た奈月の化粧は濃くなっていた。

「だから、今日のステージ、青柳さんにも出て欲しいんだ」

杏子の言葉に奈月は憮然として黙っていた。

「何なの？　青春ゴッコとか？」

だっさー、と傍らの頬紅の濃い女子が哂った。

「待ってるから」

杏子はそれだけを告げると、廊下を駆け出した。心臓がまだどきどきしている。奈月を許したわけではなかった。だけど、奈月は恋をしていたのだ。確かに、自分は無神経だったかもしれないと思う。こんなことのために奈月が好きだった吹奏楽を辞めてしまうのはどうしてもいやだった。

奈月は来るだろうか。廊下に出ると、片瀬が一人スティックで窓枠を叩いていた。杏子は思わず立ち止まった。片瀬は手を止めて杏子を見た。長い前髪から覗く、視線は穏やかだった。

「おい大福。親父さんは帰って来たのか」

「まあね」

「そうか、良かったな」

片瀬が笑った。そういう顔しないでよね。意地悪じゃない顔で笑うのなんて、片瀬らしくない。

後夜祭が終ったら、聖也先輩に切符を渡そう。そう決めていたのに、急に気持ちが重くなる。怖いだけじゃない。自分でもわからない感情が渦巻いている。いつからあたし、こんなに複雑な人間になったんだろう。ひとりため息をついて杏子は、不意にリードの状態が心配になった。慌てて部室の隣の楽器室に向かう。

マウスピースのケースが床に落ちた。からからと転がったのを追って楽器がしまってある大きな棚の陰にしゃがみこんだら、ドアが開く音がした。悪いことをしているわけでもないのに、杏子は咄嗟に身を縮めて隠れていた。

「なんであの噂で君が不安になるの」

聖也の声だった。杏子は身を固めた。

「あの子、いつも久保木先輩のこと見てました。こっちが恥ずかしくなるくらいに、熱っぽい視線で」

苛々した調子の声。そんな。まさか、まさか……。呼吸が苦しくなる。

「だから、たまたま一緒の電車に乗っただけだよ」

「本当ですか？」

間違いない。伶香の声だ。

「君は、僕が嘘をつくと思うの？」

「不安なんです。私、久保木先輩みたいに才能ないし、地味だし、凡人だもの。先輩は指揮科に行ったら私のことなんか忘れちゃうんですよ」

「僕は才能で橘さんのこと好きになったわけじゃないよ」

好き？　聖也先輩が橘先輩を？　嘘でしょ、そんなはずない。

「じゃあ、どうしてですか？」

「逆に訊くけど、橘さんは僕の才能が好きなの？」

「違います！」

伶香は強く否定した。釘を刺されたみたいに、胸の奥が痛い。頭の中で片瀬の声がした。

「おまえらさ、男がみんな見た目だけで選ぶと思ってんの？」

違う、違う、違う。杏子は首をぶんぶん振った。

「それなら、何も心配することないよ」

沈黙が流れた。杏子は四つん這いでそっと棚の角から覗いた。

伶香は可愛かった。杏子がいつも目を引かれるようなきらびやかさとは無縁で地味なのに、そういう女の子達の誰よりも可愛かった。ダイエットも、ナノのヘアアイロンも、さり気なくいい匂いのするコロンも、爪磨きも、色つきのリップクリームも、おそらくきっとぜんぶ無縁でも、それでも誰よりも可愛く見えた。

恋をしてからずっと、可愛くなりたいと思っていた。可愛くさえなれれば、いつかきっと振り向いてくれると思っていた。幸せになれるはずだった。だけど。好きな人に想われている女の子には逆立ちしたってかなわない。

こみあげてくる涙にも気づかずに、杏子は口を半開きにして呆然としていた。聖也先輩は真っ直ぐそそり立つ白亜の灯台だ。その中で先輩を照らして、先輩に守られている灯火は、自分ではない。それが、目の前にある死にたくなりそうな現実。

聖也は伶香に顔を近づけた。伶香は頬を染めて目をつぶっている。息が詰まりそうなのに目を逸らせない。口の中いっぱいに、苦い大きな飴玉を放り込まれたみたい。苦しいのに吐き出すこともできない。誰か、助けて。

「部長！　いますか！」

廊下から男子生徒が呼ぶ声がして二人は慌てて離れた。

「今、行くよ」

ばたばたと聖也が出ていき、その足音を消えるのを待って伶香が出て行った。

これまで必死に慣れない指使いで一人スケールの練習をしてきたこの部屋は、今しがたの色濃い恋の余情が漂っている。悲しいというよりも、痛い。鼓動が収縮するたびにずきずきと鋭い痛みが走って息ができない。中庭からは吹奏楽部が後夜祭の練習をしている音が聴こえる。『恋の片道切符』だ。

胸がはり張りさけそう。ねえ苦い飴玉、頼むから早く溶けちゃってよ。お願い。杏子は想像の飴玉を舌の上で転がした。苦い、苦い、苦い……。

合格祈願切符を破ろうとする手首を掴まれた。

「やめろよ。縁起悪い」

顔を上げると片瀬だった。どうやら、さっき聖也を呼んだのは片瀬らしい。

「こんなことだろうと思った」

「何それ、どういう意味よ？」しゃくりあげながら杏子が言う。

「おまえは鈍感だからな」

片瀬は先輩と橘先輩の仲を知っていたのだろうか。

「いいからほら、後夜祭、行くぞ」

「いや！　行かない！」

杏子は激しく頭を振った。はあ、と片瀬がため息をついた。

「ったく、部長は真っ直ぐすぎて残酷なんだよな。知らないところで人を傷つける」

「あたし、傷ついてなんか」

言いかけてまた涙が勝手にぽろぽろ溢れてくる。

「だから、もう泣くなバカ」

「バカっていうなバカっ！」

「たく、お前みたいに感情丸出しのやつ見たことねえよ！　この喜怒哀楽感情大福！」

「わかるわけないよ！　片瀬なんかに。あたしがどんなに先輩が好きだったかなんて」

「ああ、わかんねえよ。俺には。だけど」

片瀬は杏子の目を見た。

「そんだけ真剣に好きになったんだから、それでいいじゃん」

自分の気持ちの奥底まで見透かされているようで腹が立つ。なんでこいつのいうことってこんなふうにずかずか無遠慮に入ってくるの。なんであたし納得しちゃうの？

「お前、一生懸命がんばってきたんだろ。だったら最後までがんばれ」

優しい声だった。胸の奥がかすかに痛んだ。

「うん」

杏子はぼろぼろの顔で小さくうなずいた。

「ほら、鼻水拭け！　行くぞ。泣いても笑っても、先輩の最後のステージだ」

杏子は片瀬に手渡されたハンカチで思い切り鼻をかんで立ち上がる。

「あんたって、意外にいい奴なんだね」

「バカめ、今頃気づいたのか」

と、いう返事が当然返って来るかと思ったが片瀬は無言のまま背中を向けた。


聖也が手を掲げた。杏子は、深呼吸する。まだ心が落ち着かない。

片瀬に背中を押されて、杏子は後夜祭のステージに立っていた。演奏どころじゃなかったが、奈月がステージに現れてくれた時、少しだけ気持ちが落ち着いた。毎日練習で見慣れた先輩の手が上がった瞬間、自然にアルトサックスを構えていた。

まずはご機嫌なロックンロールナンバー、『ジェニジェニ』だ。観衆の生徒達が縦ノリで踊り出した。ドラムの片瀬は楽しそうにビートを刻んでいる。杏子、最後まで頑張れ。自分に言い聞かせる。続いて、『スタンド・バイ・ミー』。トランペットの四人が一斉に立ち上がり、頭を上下に振りながらソリを吹く。拍手と共に観客がどっと沸いた。

杏子は、ふっと自分が吹いていないような錯覚に襲われて鳥肌が立った。初めての感覚だった。自分の音が全体の中に溶け込んでいくような一体感。ラストの曲は、

『恋の片道切符』だ。この曲は杏子のアルトサックスのソロがある。杏子は立ち上がって指揮者の聖也の隣のマイクの前に立った。普段ならば、指揮者の聖也はみんなを見渡している。が、ソロは別だ。

　杏子は聖也の視線を感じた。先輩は今、あたしだけを見てくれている。

　その時、一瞬にして今日までの日々がよみがえってきた。中学二年生の春の終わりに、初めて先輩の繊細な指先に目を奪われた。一緒のステージに立ちたくて、無理やり同じ高校を目指して、やったこともない吹奏楽部に入った。やってみたら、パパのおかげもあって音楽の楽しさが少しだけわかった。いつの間にか、アルトサックスを吹きこなせるようになっていた。

　演奏が上手くなりたかったわけじゃなくて、先輩に会いたくて、先輩と一緒にいたくて、毎日辛い朝練も通ったけれど、だから今、この場所にいる。先輩のおかげで全てが始まったんだ。

　聖也の手が振り下ろされる。

　杏子が短いソロパートを必死に吹き始める。音と一緒に、何かが弾けていく。聖也も心なしか弾けているように見えた。そうだ、音楽は楽しい。吹奏楽は楽しまなければ意味がない。何もかも忘れて夢中で演奏をしているうちに、もやもやした想いや失恋の哀しみは消しとんでいた。ここにはみんながいる。聖也先輩も片瀬も橘先輩も奈月も。今は音で一つになっている。

杏子は不思議な幸福感に満たされて高揚していた。杏子だけではなかった。ステージに上っている者も聴衆もみな異様な熱気に包まれていた。片瀬が楽しそうにドラムを叩く、金管も木管も、聖也も片瀬も伶香も奈月もみな楽しそうだった。見ている者たちはみんなリズムに乗って踊った。盛大な拍手が吹奏楽部を包んだ。

熱狂に包まれたままステージは幕を閉じた。何もかもがきらきらして見えた。

「片瀬君のことだったら、もういいからさ」

演奏後、突然、奈月にそう言われた。どういう意味なのか杏子にはわからなかった。

「……やっぱり杏子には、なっちゃんて呼んでほしい」

杏子が黙っていると、奈月は消え入りそうな声で言った。

「ごめんね」

「うん」

勝手に返事をしていた。奈月がほんの一瞬、泣きそうな顔をした。

「聖也先輩に合格祈願切符、渡してくるよ」

奈月は一瞬黙って、艶のある青いマニキュアの塗られた指先で丁寧に杏子の前髪を整えた。額に触れる指がくすぐったかった。

「リップちゃんと塗った？」こくりとうなずく。

「OK、ばっちり。杏子、だいじょうぶ。カワイイよ」

なっちゃん、ありがとう。だけど今は、カワイイはあんまり大事じゃないんだ。

部室に向かうリノリウムの長い廊下の先に見える後ろ姿を、杏子は追いかける。どんなに追いかけても気持ちは決して追いつくことはないのはわかっている。

「聖也先輩！」

聖也が振り返った。杏子は合格祈願切符を差し出した。

「これ、受け取ってください」聖也は不思議そうな顔をして受け取った。

「銚子電鉄の合格祈願切符。銚子行きと本銚子行き」聖也が読み上げた。

「これがあれば本番も調子が出ます。『上り調子』に『本調子』、あと残り一枚の往復銚子ゆきは『調子が悪くても本調子に戻る』って願いが込められているんです」

よかった、ちゃんと言えた。自然に渡せた。

「それは心強いな。ありがとう」

聖也は、とびきりの王子様スマイルで微笑んだ。やっぱり、胸がずきんとする。

聖也先輩って、ほんっと鈍いですね。好きな子以外は目に入っていないんですね。

でも、そんなまっすぐな先輩が、ずっとずっと大好きでした。

聖也が右手を差し出した。その右手に触れるのを、杏子は一瞬ためらった。そっと握りしめる。決して触れることのできないと思っていた、崇高な掌。暖かい手、細い指の感触。強く握り締めるのがためらわれるような繊細な長い指。すべてはこの指先から始まった。ゆっくりと手を離す。

この手を握ることはきっと、もう二度とない。

「先輩に憧れてこの高校に入ったんです。吹奏楽、これからもがんばります」

笑顔でそういって踵を返して走った。涙が止まらない。悲しい涙ではなかった。涙と一緒に、甘酸っぱい飴玉がとろとろと溶けていく。だけど、あの日のきらきらはまだ消えないで杏子の中にある。

校庭の片隅、銀杏の大木の下は一面黄色い絨毯だ。ひらひら舞い落ちる箒形の黄色い葉の中、涙で乱れた呼吸を整える。気づいたら隣に片瀬が寄りかかっていた。

「片道切符、ちゃんと渡して来たよ」

「アンコ全部飛び出すほど派手に自爆したか」

片瀬の意地悪な笑顔に杏子はふくれっ面で応戦する。

「慎ましやかに想いを遂げただけだもん」

片瀬は黙りこんだ。杏子は言い訳がましく言う。

「あんたが最後まで頑張れって言ったんじゃん」

「よし、褒美を授けよう」

片瀬が杏子に切符を渡した。銚子電鉄で販売されている本銚子から銚子行の「開運切符」だった。

「お前も、そろそろ開運しろよ」

杏子は恨みがましい目で片瀬を見た。

「もしかして、振られるの先回りしてたの？」

「あーほ。違うよ。お前がシケた顔してると気になってしょうがねえんだよ」

目を逸らした片瀬の耳朶が赤く染まっている。鼓動が、とくんと一回跳ねた。沈黙が妙にくすぐったくて杏子はわざとそっぽを向く。

「本銚子だったら定期持ってるしなぁ」

「おまえな、人がせっかく……」

「嘘だよ。いじわる片瀬のまね」

受け取ろうと伸ばした指と指が触れる。その上に銀杏の葉っぱが一枚、いたずらに舞い落ちる。先に手を引っ込めたのは片瀬だった。

通りがかりの同級生が「ヒュー！　やるねー色男！」と冷やかしてきた。片瀬は柄にもなく顔を赤くし必死に言い訳している。杏子は吹き出した。笑いが止まらない。

さっきまで初めての失恋で死んでしまいたいくらいにショックだったのに、もう笑えるなんて不思議だ。

「おい、笑い袋大福、いつまで笑ってんだよ。いい加減にしろ」

杏子の脇腹を軽く小突いて、片瀬は大股で校舎の方へ歩いていく。

「あ、言い忘れたが」

思い出したように振り返った片瀬の長い前髪から覗く瞳に、杏子はどきっとした。

「その切符は、片道切符じゃないぜ」

鼓動は汽笛を上げて走り出す列車みたいに緩やかに高まっていく。振り向かずに校舎に向かって大股で歩き去る片瀬の後ろ姿を見つめる。くすぐったい笑いがふつふつとこみ上げてきて止まらない。杏子はひとり声を立てて笑った。口の中が、ほんのりと甘い。

第二便　仲ノ町ぶるーす

朝の上り方面総武線快速は決して愉快な乗り物ではない。

ＪＲ千葉駅のホームに等間隔で整然と並ぶ短い人の列に交じり、佐崎は冴えない顔で立っていた。銀色の車体に青色とクリーム色のツートンカラーをぐるりと巻いた電車が無表情ですべり込んで来る。

この時間の快速は、君津、上総一ノ宮、佐倉、成東、成田などの千葉の地方から都心に向かう勤め人や学生たちを大量に詰め込んで来るため、ここ千葉駅からは座ることはおろか新聞を広げることすらできない。まして佐崎が乗り込んだ車両は駅に停車した際に階段付近に停まることが多いため、殊更混雑が激しい。列車の前後、端に近づくにつれ混雑度は低くなるが、最後尾もそれなりに混んでいる。最後尾から二両目あたりが比較的空いていることは長年このホームから乗っている佐崎はもちろん知っている。もしくは、あと少し時間を外して別の車両に乗っても会社には十分間に合うし、不快な混雑が多少は避けられるであろうことも、当然わかっている。

が、些細な習慣を壊すことは億劫だった。ひとつの習慣が億劫である人間はこの世の物事のすべてに対して億劫なのかもしれない。どうせ習慣からは一生逃れられないのだ。

佐崎は身辺に漂う歯磨き粉の匂いと若い女の甘いシャンプーの匂いの中でため息混じりにひと呼吸して、密集した人々の隙間から殺風景な景色が流れていくのを見ながらぼんやり考えていた。

隣で昨夜の深酒を引きずったままの中年のサラリーマンが、剃り残した髭がぽつぽつ残る二重あごをさすりながら大欠伸をした。その隣の神経質そうなＯＬが顔をしかめている。船橋で目の前の席が空いた。今朝は運がいいと思いながら佐崎は柑橘系の香水がきつい、髪をバネのようにくるくる巻いた女子大生と太って地味な男子学生との隙間に腰を下ろした。朝の電車は嗅覚を不快に刺激する。

愉快ではない銀色の乗り物は、朝日を反射しながら愉快ではない人々を乗せて民家やマンションやビルの群れを跨いで颯爽と駆け抜ける。佐崎は考え続ける。

色の無い景色の中に敷かれたレールの上を走っている俺は、ポンコツ列車だ。現実は先が見えない死まで続く平凡なレールだが、それなりに曲折している。時には蛇行運転や慎重にブレーキを踏まなければならいことはあるが、決してオーバーランも、ましてや脱線もない。これが幸福なのかと訊かれてもわからない。ポンコツ列車は行く先もわからずにただ平坦な線路の上を走るだけだ。何かもが億劫だ。いつからそう思うようになったのだろうなどと考えるのも、もう億劫だった。

耳の中でガチャンと小さな音がする。テープがB面に変わる音だ。佐崎は背広のポケットから使い古したソニーのウォークマンを取り出した。向かいに立っているごついヘッドフォンをつけた茶髪の若者が奇異な目でちらりと佐崎を見た。佐崎は気にせずに、持ってきたプラスチックのケースから手書きのラベルが入ったカセットテープを取り出して、ウォークマンのテープを入れ替える。紙のラベルは黄色く日焼けしている。再生ボタンを押すとイヤホンから青江三奈の『ベイブリッジ・ブルース』が流れる。イントロのサックスが冴えわたる。

朝の通勤風景とはまるで不釣り合いな気怠い歌声を聴くと、佐崎はほんの少しの希望を感じることができる。昭和のブルースは永久の夜をたたえていつでも優しい。

……ああ、いいなあ。

そっと目を閉じて青江三奈の歌声と揺れる電車のリズムに身を任せているうちに、意識だけは習慣から隔離されて遠い日の自分が色鮮やかに蘇ってくる。その記憶はいつでも、哀愁を帯びた大人の女の歌声がつきまとう。

佐崎が少年時代を過ごした房総半島の先端の小さな町は娯楽とは無縁だった。数少ない楽しみが跨線橋から見下ろす電車だった。春になるとホームには黄色い菜の花や白やオレンジのポピーが咲き乱れ、その甘い匂いを春風が運ぶ。

内房線はその昔、房総西線と呼ばれていた。遠くから走ってくる電車の音が大きくなってだんだん近づいて来るのをわくわくしながら待っていた。

今でもよく覚えている。木更津と千倉間の電化が完了したのは昭和四十四年七月十一日だ。この日、千葉県内では初めて113系電車が導入されたのだ。青にクリーム色がサンドされた通称スカ色の車両はピカピカでカッコよかった。それを運転していたのは父親だった。誇らしかった。自分も大人になったらきっと、あの電車を運転する人になりたいと、なれると信じていた。

房総の家は立派で、応接間には革張りのソファが置かれた洋風の客間があり、そこにはステレオセットが据え置かれていた。父親はよく、淡谷のり子のレコードをかけていた。いつだったか成人してから帰省した際にそれらのレコードを見て懐かしがっていたら、一週間後、そのレコードはすべてカセットテープに吹き込まれ宅急便で一人暮らしのアパートに届いた。父親にはそんな温かな几帳面さがあった。

厚意は嬉しくはあったが、流行っていたフォークに傾向していたのでほとんど聞かずに箱に入れたまま部屋の片隅に放置していたことを、今でも深く後悔している。

一本一本丁寧な字で手書きをしたラベルが貼ってあったそのカセットテープは数年後、形見となった。定年退職をした後は近所の少年野球の審判をやっていた父親は試合の帰りに道端で突然倒れた。クモ膜下出血だった。あまりにも早く、あまりにもあっけない父親の死は衝撃的すぎて、嘆くきっかけを失ったまま今に至る。

迷っている時、親父は「まずは自分の走るべきレールを見つけろ」と言っていた。「見つけたらその上を走れ」と。いかにも愚直な親父らしい。

父親のようになりたかった。どうして自分は鉄道員にならなかったのだろう。国鉄で職員の新規採用がなかった年から間もなかった頃で、行く末を心配した母親に国鉄はやめてと泣きつかれた。国鉄の入社試験を受けなかったことを、今更後悔しても仕方がないのはわかっている。大学を卒業して有名企業に勤めたまでは良かった。が、上司の失敗の責任を押し付けられ、社内の昇進競争に敗れてあえなく退社し、旅行会社で冴えない営業マンとして万年係長をやっている今の自分を顧みると、夢を貫くことをしなかった自分を恨みたくもなる。

親父が生きていたら。「それがお前の人生のレールだ」と言うだろうか。今の俺はまだ自分のレールを走っていないと反論したところで天国の父親には届かないだろう。

カセットテープは、人生を投げ出さないための大切なお守りだ。佐崎は目を開けた。時計を見なくても、アナウンスが聞こえなくても周囲の微かなさざめきで気づく。間もなく、新橋だ。

ドアが開くと同時に佐崎は席を立った。降りる意思がなくともドア付近にいれば鉄の塊の排泄物のように外に押し流される。毎朝のことながらうんざりする瞬間だ。だが、この場所にいるのに最もふさわしいのは紳士服量販店の特売品の鼠色のスーツを着て、踵のすり減った革靴を履いている自分だと佐崎はわかっていた。ささやかな自虐と取り留めもない思考の中で一時間足らずの通勤時間は過ぎていく。

会社に着いたら見積の作成と先日の成果の報告だ。五歳年下の上司は海外のアニメーションの吹き替えみたいな素っ頓狂な甲高い声で、今日も自分を「佐々木君！」と呼ぶのだろう。佐崎は「課長、佐崎です」と真顔で言う。周囲が笑うのはお約束といったところだ。赴任初日に言い間違えた時のやり取りで周囲がどっと笑ったため、この小心な課長の緊張は解けたらしい。以来、この時代錯誤のつまらないコントが周囲に受け続けていると思い込んでいるようである。

確かに自分は滑稽な道化だが、それを利用する上司はもっと惨めな道化だ。いちいち腹を立てるのも億劫だった。すべては習慣に過ぎない。上司からの叱咤だろうが悪質な客からのクレームだろうが習慣をこなせば一日は乗り切れる。そして、また満員列車に乗り込んで親父の形見の昭和のブルースで癒されればそれでいい。

「騙された」

清美は自転車を漕ぎだしながら独り言を言った。うぐいす色のカーディガンの網目からすうすう入り込んでくる春風は思いのほか冷たい。「今日は日中から気温が上がり、カーディガン一枚で過ごしても気持ちのいい陽気になるでしょう」なんて、朝の気象予報士にまんまと騙されてしまったのが悔しい。薄着で出てきたことを後悔しながら、清美はふと、どうして今ここに自分がいるのだろうと不思議になる。

錯覚にも似た感覚で何の前触れもなく不意に訪れるそれは、決して特別なシーンではなく、家計簿とにらめっこしながら電卓をはじいている時だったり、ゴミ出しの帰りにたまたま会った近所の奥さんと他愛もない無駄話をした後だったり、スーパーの野菜売り場でレタスを次々ひっくり返してどれが一番白いか芯の色を確認している時だったりと、まったくもってなんの脈絡もなく訪れる。その場にそうしていることが自分のこととは思えなくなるという奇妙な感覚だった。突然知らない場所に置かれたような心もとなさを感じて不安になる。

そんな時、清美はまず経緯を確認して自分を納得させようとする。自分が、平凡な専業主婦として今、商店街の真ん中に自転車を止めていたずらな冷たい春風に身を震わせているのは、夫と結婚したからだ。

中途で入社してきた営業の佐崎と、入社二年目だった経理の清美は、事務的な会話しか交わしたことはなかったけれど、清美はいつとはなしに佐崎の視線を感じるようになっていた。特に当時、社内でも疎まれていたお局にいびられた時など、佐崎は同情するような優しい眼差しを向けてくれた。内気な清美は自分から声をかけることなどできなかったし、佐崎も奥手の様だった。もどかしいまま時が過ぎた。急展開になったのは、ある年の送別会の帰り道だった。二次会を辞退した佐崎と清美は、駅までの道を一緒に帰ることになったのだ。

「君はこの仕事向いてないと思うよ」

突然佐崎が言った。きっぱりとした口調だった。仕事を辞めて専業主婦になってほしいということらしかった。あまりに唐突で驚いたが、いくらなんでもすぐに結婚なんて考えられない。清美は相手を傷つけないようにと慎重に言葉を選んだ。

「お気持ちは嬉しいんですけど」

そう切り返すと、佐崎はひどく驚いた顔をしていた。自分が断られるとはまさか思っていなかったという顔だ。確かに自分も意識をしていたのは事実だが、それだけで結婚に至るのはあまりに早急すぎる。

口を開きかけた佐崎を清美は制した。

「いえ！　違うんです！　結婚が嫌とかそういうんじゃないんです！　ただ、もうちょっとお互いのこと、わかり合ってからでいいんじゃないかって」

「え？」

佐崎は間の抜けた顔をした。あの時の顔を思い出すと今でも吹き出してしまう。

「だから、もうちょっと時間、かけましょう」

とびきりの笑顔を作った清美に、佐崎は困惑気味に頷いたのだ。

そう、だから私は今、この商店街の真ん中で震えているのだ。

葱の青い先端が飛び出している買い物の袋でかごが一杯の自転車を漕いでいると、けたたましい着信音が流れた。携帯をどこに置いたかすぐに忘れるため、わかるように派手な着信音にしている。清美は自転車を止めてあたふたとバックの中の携帯を探した。必死にごそごそすると携帯はバックの一番下にあった。点滅する画面に、「ひろみ」と表示されているのを見て清美の顔が輝いた。生まれる前に性別を知ることを夫が嫌がったために男女どちらでもいいような名前を考えたのは二十年も前の話だと思うと、清美は不思議な気持ちになる。

「ったく、何回鳴らしたら出るんだよ」

耳に押し当てた電話から聞こえる不機嫌そうな低い声は、見知らぬ若い男の声のように聞こえた。この春から地方の大学に通うため一人暮らしを始めた息子が電話をしてきたのは初めてだ。清美の脳裏に幼い男児が自分の膝に飛びついてくる姿が思い浮かぶ。ついこの間まで、あんなに小さくて温かくて柔かかったのに、と少しばかり悲しくなる。

「ごめんね、花見が丘商店街のスーパーに行ってきたんだけど、あそこ、いつも使っている白味噌が置いてないのよ。浩巳だって味噌汁はあの味噌じゃないといやだっていっていたでしょ。それで仕方ないからマルヤまで行こうと思ってたところなの」

嬉しくてつい饒舌になってしまう清美に浩巳はいつも通り冷静だ。

「そんなこと訊いてないから」

「ごめんごめん。それで何？」

「腐るからもういいよ」

「え？」

「佃煮とか漬物とか、送られても食わないから」

「だって、せっかく炊飯器買ってあげたじゃない。ご飯くらい炊いているんでしょ」

「一回炊いたんだけど一ヶ月放置してそのままにしてたら最悪なことになったからやめた。とにかくもういいから。あ、米ももう送んなくていいよ」

ツーツーツー。

清美は携帯を耳に当てたまましばらく突っ立っていた。はあ、と大きなため息が出た。散々可愛がってきた一人息子は、悲しいほどつれない。

白味噌はマルヤで見つかったがどうにも気分が冴えなかった。清美は、商店街の真ん中まで走って自転車を止めると引き返した。

そうだ、こんな日は、明寿香さんに会いに行こう。

「アスカ美容院」は商店街の入り口にある八百屋と手芸店に挟まれた小さな店舗だ。清美が木製のドアを開けるとドアの上のベルがチリリンと可愛らしく鳴り響いた。店内は白壁でバーバーチェアが二つ置いてあるだけで小ぢんまりとしており、店主のセンスの良い趣味が細やかに散りばめられている。鏡台の前の小さな花瓶に桃の花を活けていた明寿香が顔を上げた。

「いらっしゃいませ」

目鼻立ちの大きい派手な顔立ちの明寿香はやや濃いめのメイクでも自然に見える。ウェーブのかかった長い髪をまとめている。白いブラウスに黒のパンツというシンプルなファッションは派手な顔立ちと相反してよく似合っていた。明寿香は清美のスーパーの袋から飛び出ている長葱をちらりと見た。

「お肉買ってきたんでしょう。冷蔵庫に入れておく？　ここ、暖房効いてるから」

明寿香がにこやかに言った。

「ありがと。合挽が特売だったものだから、買いすぎちゃって」

「ほんと、いい奥様ね」

明寿香は冷やかすように言いながらビニール袋を受け取って奥に入って行った。清美はビンテージ調のバーバーチェアに腰を下ろして鏡を見た。普段は年より少しばかり若く見られることが多いが、こうしてまじまじ見ていると、くすんできた肌はやはり四十半ばを過ぎた女だ。悲しくなる。五歳も年上の明寿香は艶々していてまるで年齢など気にしていない様子なのが羨ましかった。

「さてお嬢様、本日はいかがいたしますか」

「アスカさんに任せるわ」

「じゃあ三センチくらい切るわね。ついでだから、白髪染めもしておく？」

「お願い」

明寿香は魔術師のように清美の首にぱっと白いカットクロスを巻いた。

「そうそう、最近入ったすっごくいいサプリがあるの。ちょっといい値段するんだけど、飲んだら次の日からすぐわかるんだから。お肌がすっごいプリプリしてるの！　帰りにサンプル渡すからよかったら使ってみて」

これまで清美が明寿香からサンプルをもらって購入しなかったものは一つとしてなかった。夫にはすべて内緒にしているが、化粧品から、健康食品に補正下着、電気マッサージ器、鍋にフライパン、その他ネズミ講まがいの会員に登録させられたことも幾度あったか知れない。が、明寿香も悪気があってのことではないし、被害に遭った時は一緒に愚痴を言いあえばそれで気は晴れたし、それほど多大な迷惑を蒙ったこともないし、と清美はおおらかに思っている。何よりも、常に意欲的な明寿香に巻き込まれるのが清美は好きだったのである。

明寿香と他愛の無い会話を交わしているうちに、息子とやり取りした時の悲しい遣る瀬無さは消えていた。

「あの後、大丈夫だった？」

女性週刊誌の連載漫画に向けるのと同じ好奇心を心配げな表情にすり変えた清美の

言葉に明寿香は、ふふ、と妖艶に笑う。

「別れてやるってバシって言ってやったのよ。それが効いたみたい。あいつってば、最近やけに気を遣っちゃってさあ。優しいの」

明寿香はバツ三で成人した子供が二人いる上に、一回りも年下の恋人がいる。いつも店に宅配便を届けに来ていた佐山急便のドライバーだという。それだけで清美には別世界の住人だった。

「女は、やっぱりね、愛されないと」

明寿香はいつもの自論を高らかに掲げ、満足げに紅い唇の端をぎゅっと吊り上げた。

「古今東西、愛されてない女はどんなに美人だって金持ちだって地位や名誉があったってね、絶対に不幸なのよ」

明寿香にこう言われると清美はわからなくなってしまう。平凡な人生ではあったが、満たされたこともなければ不足を感じたこともない自分をこれまで不幸だと思ったことは一度もなかったはずなのに、揺らいでしまう。

わからない、わからない……鏡に映る自分を見つめる。鏡よ鏡、鏡さん。

「あなた、愛されたことある？」

鏡は答えてはくれない。鏡の中の明寿香が清美の髪に櫛を入れ始めた。清美は鏡から目をそらした。そんなことよりも、夕飯の組み合わせを考えなきゃ。特売の合挽肉五〇〇グラムをどうしてくれよう。

千葉駅から車で十五分ほどの郊外で、十八年前に佐崎夫妻が越してきた時はタンポポだらけだった原っぱに、数年前から雨後の竹の子のごとく洒落た洋風の家が建ちはじめた。近所の電信柱に貼ってある「見学会開催！　3LDK新築！」と書かれたチラシに載っている価格を見た時、佐崎夫妻は肝をつぶした。佐崎家の住宅ローンはあと十二年残っているが、その残りで優に購入できる金額だった。

最近隣に建った戸建に越してきた二十代後半の夫婦は新婚で子供はいない。窓を開けていると夫婦喧嘩がよく聞こえる。昨夜の帰りが遅かったことに新妻が烈火の如く怒り狂い、責めている模様だ。夫は夫で仕事の付き合いだと言って引かない。

「ほんと、よくやるわね」

清美は呆れたように言った。佐崎はいつも息子が座っていた椅子の上に随分前に置き忘れていた新聞を見つけて、手に取った。

「そのうち収まるさ」

「どうしてあんなふうに喧嘩するのかしらね」

「若いんだろ」

「でも、私達、昔っからあんなふうに喧嘩したことないじゃない」

「する理由がなかったんだろ」

隣の夫婦の話をするのと同じく他人事のように佐崎が答えた。

「そうかしら」

妻の非難めいた言葉は聞かないふりをする。そのうちに隣の新妻の声は媚を含んだ泣き声に変わる。二人の会話はだんだんと聞き取れなくなってくる。

「愛し合ってるから、喧嘩するんだわ」

芝居がかった清美の独り言に、佐崎はガクッときた。妻は突然訳のわからないことを言うことがある。息子は、「母さんってたまに少女漫画みたいになるんだよな」と、言っていた。少女漫画か……。佐崎には長年連れ添ってきた妻の動向がまったく理解不能だった。昔から勘違いが激しい女だった。

フライパンの蓋を取ってハンバーグに竹串を刺すと透明な肉汁が溢れた。煮干しでしっかりと出汁を取った豆腐とほうれん草の味噌汁を椀によそいながら、清美は佐崎を見た。満員電車の中のように新聞を丁寧に小さく折りたたんで器用に読んでいる佐崎は、清美の視線にまったく気づかない。

「ねえあなた、何か気づかない？」

佐崎は今日初めて妻の顔を見た。能天気な丸顔は相変わらずだ。多少皺は増えたような気がするが、それは言わないのが賢明だろう。「ちょっと太ったんじゃないか」と、何気なく言ったら清美から夕飯のおかずを限りなく質素にするという形で報復をされたのを思い出したのだ。

「何かあったのか？」

「明寿香さんのとこに行ってきたのよ」

「そうか」

佐崎は新聞から目を離さなかった。清美はやや乱暴に食卓に皿を置いた。その音で佐崎はようやく顔を上げた。

「ちょっと作りすぎじゃないのか。浩巳もいないのに」

「合挽が特売だったのよ」

いつも同じような言い訳をする。妻はまるで学習をしないたちで、同じことを何度も言わせる。青江三奈が歌っていたように、真面目な男は確かにたいくつかも知れない。だが、もしも自分に出会わなかったら妻はおそらく何度でも、同じような男に騙されていたに違いないと佐崎は密かに思っていた。

「安いからって沢山買い込むなよ。そんなに食えないんだから」

我ながら忍耐強いと思いながら、佐崎はまた新聞に目を落とした。折りたたんだ新聞をめくった手がぴたりと止まる。苛々を含んだ清美の声も、もう佐崎の耳には入らなかった。少年時代より佐崎は、集中すると周りがまるで見えなくなるという一面を持っている。時にそれが一緒にいる相手を遮断していることさえ気がつかない。佐崎は、開いた新聞の地域欄を食い入るように見つめ続けていた。

「銚子電鉄で車掌になろう」

タイトルを穴が開くほど何度も見つめながら、鼓動が高鳴るのを感じていた。はやる気持ちを抑えて、佐崎はようやく本文に視線を移した。

「銚子電鉄では、運転士の制服を着用して車掌体験を」

清美が自分を睨みつけて仏頂面で先に夕食を食べ始めたことも、湯気の立つ料理が冷め始めていることも、新聞に集中している佐崎は気づかなかった。

朝の連続ドラマを見終わってそのままテレビをつけっぱなしにしていたら、海上衝突予防法についての番組が始まっていた。いつもなら朝のワイドショーをつけるところなのだが、出ていた海事代理士が自分好みのイケメンだったので、清美はなんとなくそのまま見ていた。頭の中では昨夜の夫とやり取りを思い出して、だんだん腹が立って来る。手間暇かけて作っているのに。あの人って、何を出したってきっと一緒なんだわ。そう思いながらも清美は次の瞬間には夕飯の献立を考えている。

「海上を航行するすべての船舶の衝突を防ぐために必要なのが灯火です。広い海で二隻の船が出会う場合の相手船の状況は、昼間であれば容易に見ることができますが、夜間はそれぞれの船がかかげている灯火によってその船の状況を判断します。相手船はどちらに向いているか、相手船は動いているか、相手船はどのような種類の船か、これらを灯火だけによって判断するのです」

二艘の船が灯火を目印に互いを避けるイラストを指しながら、海事代理士は凛々しい顔で説明している。清美は特売品の煎餅を音を立てて齧りながらぼんやりと聞いていた。海の中で出会いながら、決してぶつからないために灯火をかかげ合う二艘の船。ふと、自分と夫のようだと思った。私たちは悲しい船。無限の広い海原ですれ違うばかり。決して触れ合うことはないんだわ。

洗濯機が自分の仕事を終えたとブザーを鳴らした。清美が重そうに腰を上げたところで電話が鳴った。明寿香からだった。

「清美ちゃん、カラオケ教室行かない?」

突然の誘いに清美は驚いた。

「歌なんてそんなに歌う機会ないわ」

「それがね、なかなかのイケメンがやってるらしいのよ」

清美は、乗り気ではない素振りで一緒に行くことを約束した。


週末の午後、佐崎は銚子行の特急「しおさい」に揺られていた。特急に乗ったのは久しぶりだった。ボックス席に座って窓の外を見ると、満開の桜の花が流れていく。佐崎は遠足に向かう子供のようにわくわくしていた。

ＪＲ銚子駅は思ったよりも小綺麗な駅だった。改札を出ると広いロータリーの先は商店街だ。佐崎はあたりを見渡してつぶやいた。

「おいおい、銚子電鉄は一体どこにあるんだ?」

銚子駅に戻って駅員に訊くと今出てきたＪＲ銚子駅のホームの先にあるという。よく見ると確かに案内板があった。駅員に「どうぞ」と言われるがままに切符を持たぬまま再度改札をくぐりぬける。階段を上るとホームの外れに朽ち果てた茶色と白の奇妙な建物が見えた。閑散としたホームに佇む殺伐とした風貌は西部劇の舞台を連想させた。アーチ型の門をくぐると改札がある。切符販売機もなく無人だ。切符は車内で買うのだろうか。またしても切符を持たず改札を潜り抜けた佐崎は思わず息を飲んだ。前にずんぐりとして古びたライトグリーンの二両編成の車両が停まっている。

「京王２０００系じゃないか」

……驚いた。今時こんな車両が走っているとは。目と鼻の先のＪＲのホームに停車しているピカピカの特急とはあまりにも対照的だった。

ホームにはキャリーバックを引いた観光客と思しき人がぽつぽついる。野球帽をかぶった少年が、真剣な顔で電車に向かってデジタルカメラを構えている。傍らの父親はその姿を満足げに眺め、まっすぐ電車に向けられた少年の瞳は好奇心と喜びに輝いている。佐崎はその少年に遠い日の自分の姿を重ね合わせて感傷に浸った。

ピロロロロロロ……発車を知らせるブザーが鳴った。佐崎は野球帽の少年らと共に興奮気味のまま電車に乗り込んだ。が、扉は開いたまま発車しない。不思議に思って扉から頭を出すと、杖をついた老婆がよたよたと歩いてくる。老婆が乗り込むと、ようやくドアが閉まった。直ぐに紺色の制服姿の車掌が来て、「どちらまでですか」と問うてきた。

「仲ノ町まで」

車掌が黒い革の車掌鞄から乗車券を取り出した。スタンプが押された薄いオレンジ色の車内券を佐崎はじっと見つめていた。電車はがたごとと音を立てて大きく揺れた。立ったままの佐崎はよろめいて慌ててつり革につかまった。野球帽の少年は先頭の運転席に張り付いて運転士をじっと見ている。懐かしい気持ちで揺られる佐崎が遠い記憶を呼び起こす暇もなく電車は仲ノ町駅に到着した。

もっと乗っていたかった。名残惜しげに電車を降りてホームに立つとほんのりと香ばしい醤油の匂いが鼻をつく。隣接するヤマサの醤油工場の煙突からもくもくと煙が立ち上っている。空はどんよりと曇っていたが、なんとも曇り空が似合う駅だ。佐崎は不思議な感動に包まれていた。

ノスタルジックな狭い待合室には、手作り風の座布団が敷かれた木のベンチが置いてあった。両脇の木箱には色褪せた文庫本が並べられている。ガラスケースには展示品や販売用の記念切符が並んでいる。実家がある房総の駅もここまで寂れてはいない。懐かしい時代に迷い込んできた気分だ。あの車両といい、切符といい、ここは本当に千葉なのか。本当に平成なのか？

物珍しげに辺りを見渡している佐崎に、四十半ばの痩せ型で少々頭の薄い、人の良さそうな男が声を掛けてきた。

「見学ですか？」

佐崎が返事をすると男は目尻を下げて笑った。新婚らしく左手の薬指に真新しい指輪がぴかぴか光っている。

「実は、運転士体験に興味がありまして」

「すみません、あのイベントは終わってしまったんですよ」

男は、申し訳なさそうに言った。佐崎は、ようやく自分が読んでいた新聞が古い物だったと気づいた。とんだ勘違いだ。

「申し遅れました。私、社員の磯崎と言います」

男は律儀にも名刺を差し出した。佐崎は名刺を受取った。「銚子電気鉄道株式会社総務部　渉外担当課長　磯崎洋一」と記してある。佐崎も自己紹介をした。

「よろしければ車庫を見てみますか。見学料かかっちゃいますけど」

佐崎がうなずくと、洋一は駅舎を出た。線路を越えた向こうが車庫のようだ。古びた電車が二両並んで停まっている。

「あれは営団地下鉄の丸ノ内線じゃないですか」

佐崎は思わず電車に駆け寄って、興奮気味に叫んだ。この手のリアクションには慣れているらしい洋一が、にこにこしながら説明した。

「はい。この赤いデハ１００２は丸ノ内線カラーです。で、隣の黄色いのが」

「銀座線ですね」

「はい！　正解です。佐崎さん、本当に電車がお好きなんですねえ」

「父が鉄道員でした。その影響もあるのでしょうけど、子供の頃から電車は大好きでよく父にせがんで電車を見に連れて行ってもらっていました。懐かしいな。あの頃営団地下鉄は、高度成長期の象徴だったんですよ」

佐崎はしんみりと言うと、目を細めて電車を見つめた。

「しかし、こうやって見ている分には可愛いんですけどね。こいつらの運営も楽じゃないんですよ」

まるで手のかかる愛犬のことでも語っているように洋一は言う。

「線路なんか、１メートル保線するのに十万です。随分と高い医療費でしょう。しかも保険もきかない。法定検査と来た日にはそれはもう……」

洋一はぼやきながら、黄色いペンキが色褪せた木のステップを電車の扉の下に据え置いた。身軽にとんとんと上ると電車の扉をこじ開けた。

「どうぞ」

「いいんですか」

佐崎は車内に入った。生まれて初めての貸切電車だ。

「貸切電車もやっているんですよ。学生たちが授業の一環で乗ったりしています」

ローカル線の事情が厳しいとは知っていたが、こんなふうに電車を自由に使っているところなんてあるのだろうか。随分と色々な事業をやっているものだと佐崎は単純に感心した。

「実はね、今、佐崎さんのような鉄道ファンが喜ぶとっておきの企画を考えているんです」

「どんなものですか」佐崎はどきどきしながら問うた。

「題して、『運鉄』キャンペーンです。これは『乗り鉄』『撮り鉄』に続く鉄道ファンの為の企画です」

「乗り鉄」や「撮り鉄」という言葉は初めて耳にしたが、おおよその意味は理解できた。こうやってなんでも短くすればいいという最近の傾向は好きではないが、そこを突っ込む必要はない。

「これは、電車を運転してみたいという大人の夢を叶えるためのものです」

その言葉に佐崎の胸は疼いた。叶えたい夢。それは初恋を思い出すような甘く愛おしい感覚だった。佐崎は逸る気持ちを抑えて尋ねた。

「運転士になれるんですか」

「はい。今の仕事を辞めることなく電車運転士になれるという画期的なプランです。まず当社との間で『嘱託社員契約』を締結し、動力車操縦者運転免許を取得するための講習を受けていただきます。そして国家試験に合格して免許を取得したら、実際に本線を運転することができます。ただし当分の間、お客様を乗せない非営業運転、つまり回送扱いという形での運転となります。もちろん、将来的に運転技術が向上したら、営業運転も許可する予定ですよ」

佐崎の鼓動に重なるように、踏切がカンカンカンと鳴った。

「とは言っても、まだ運輸局に企画書を出したばかりの段階なんですけどね」

洋一が真顔から目尻の下がった笑顔に戻った。佐崎は興奮気味に言った。

「私、一番乗りで申し込みますよ！」

感じたことのない充足感に包まれて、佐崎は仲ノ町を後にした。

「ハイ、まず発声練習から行きますよ。大きく口を開けてください」

高音で張りのある依田の大きな声で、十数人の中高年たちが一斉に声を出す。その中に交じり清美と明寿香も大きな口を開けた。依田は三十を一つ二つ越えた年ながら少年のようにすらりと線が細く背が高く、いつもセンスのいい服を嫌味なく身に着けている。

「佐崎さん、そんなんじゃダメです。もっと口を縦に開けてください。アー！」

依田の前でアーと思い切り大きく口を開けるのが清美は恥ずかしかった。治療した奥歯の金歯に気づかれないか心配でたまらない。

千葉駅からほど近い、古びた雑居ビルの一室で、このカラオケ教室は開講されていた。講師である依田は、プロの歌手でCDを出したことがあるという。ミーハーで夫以外の男にほとんど免疫のない清美はイチコロだった。依田は清美の中の忘れかけていた「女」を久々に意識させる存在になった。いや、女というより清美はまるでうぶな少女になっていた。

「佐崎さん、もう少し肩の力を抜いてください」

依田が清美の肩にとん、と両手を置く。思わず過剰に身を強張らせてしまったのが恥ずかしい。触れられた肩がじんじんと熱っぽい。その熱があっという間に頬まで伝わってきて途端に頬が火照る。

明寿香が「先生、私は?」と尋ねる声色がいちいち艶っぽいのが清美には面白くなかった。依田に「明寿香さんには、年下の恋人がいます!」と、叫んでやりたい気持ちでいっぱいになるのを堪えている。そんなこと言ったら、自分の方が意地悪な女になっちゃう。清美は、自分にも夫がいることなど考えもしなかった。依田は自分に対してだけは特別熱心な気がしてならないのだった。

「もっと、愛する人を想うように、感情を込めて」

清美が歌うと依田が清美の目をじっと見た。清美は心臓が止まりそうになった。久しく忘れていた甘い感情が激しく胸を打つ。

レッスン後、雑居ビルを出た清美は、忘れ物をしたと明寿香に言って教室に戻った。依田はひとり、がらんとした部屋の片づけをしていた。

「忘れ物ですか？」

清美に気づいた依田が尋ねると、清美はバレンタインのチョコレートを差し出す女学生のようにおずおずと銚子電鉄と記されたビニール袋を手渡した。

「あの、これ、よろしかったら」

「お！　ぬれ煎餅じゃないですか。僕、これ好きなんですよ」

依田が嬉しそうに白い歯を見せて笑った。清美は胸の鼓動を必死に抑える。

「レンジでチンすると美味しいんですよ」

「へえ、それは知らなかった。早速やってみます。ありがとうございます」

清美はうつむいてはにかんだ。依田は清美をしげしげと見た。

「佐崎さんは、時折少女のように見えることがある。不思議だなぁ」

独り言のように呟いて、依田は目を細めた。清美は驚いて依田を見た。

「すみません。僕、何言ってるんだろ」

依田が照れくさそうに微笑んだ。

「私、帰ります」清美は唐突にそう言った。少女のような可憐さを意識しながら依田の前から走り去る。エレベーターは使わずに外の錆びついた鉄階段を四階から駆け下りた。胸が信じられないくらい激しくどきどきしている。日頃の運動不足を忘れ、それが恋の鼓動だと清美は信じた。もう、バカね、私ってば。せっかくいい雰囲気だったのに、どうして逃げたの。清美は依田のいる教室の窓を見上げて芝居がかった様子でうっとりとつぶやいた。

「どうしよう、禁断の恋が走り出してしまったわ」


佐崎はひたすら週末が楽しみだった。銚子電鉄で運転士になる。それこそが俺の生きがいだ。平日は週末をより楽しむためのスパイスだと思えば、朝の不快な満員電車も殺風景なオフィスでの部長の感情的としか思えない態度もまるで気にならない。

「俺には今、叶えたい夢があるんだ。哂《わら》いたければいくらでも哂えばいい！」

特急しおさいに乗っていた佐崎は夢の中で叫んでいた。目が覚めると銚子駅だった。

やっぱり曇り空が似合う駅だ。仲ノ町駅には淡い色の紫陽花が咲きほこっていた。

洋一がにこにこして出迎えた。

「お待ちしてました。さあ、行きましょう」

「ほ、本当にいいんですか？」

興奮を抑えられずについ大きな声になってしまった。

「時速十キロで引き込み線をほんの百メートルですけど」

車庫に置かれているデハ１００１に乗り込んだ佐崎は大きく深呼吸した。憧れの運転席に座った。佐崎が運転する電車はゆっくりと動き出した。佐崎は、これが夢ならば覚めないでくれと祈った。

「洋一さぁん！」

電車を降りると、もっさりした色黒で大柄の青年が手を振っている。首から高価そうなごついカメラがかけられている。ははあ、これが「撮り鉄」という奴か。

「オッ、熊ちゃん！　来てたの」

「ハイ。今日はデキ君を撮りに来ました」

熊ちゃんと呼ばれた青年は佐崎をちらと見て、真っ黒いもさもさした頭をぺこりと下げた。その様子はサーカスで躾けられた従順な熊のようだ。

「こちら、千葉からいらした佐崎さん。運鉄キャンペーンの記念すべき第一号、になる予定だよ」

洋一が突然得意げにそう紹介した。佐崎は熊ちゃんに軽く頭を下げた。そして佐崎を小熊のように丸い黒々した瞳をしばたたかせてしげしげと眺めた。

「それで『運鉄』はその後、どうですか？」

「運輸局に企画書を提出したよ。法的には問題がないと言われた。まだまだ問題は山積みだけどまずは第一歩かな」

洋一が答えると熊ちゃんは、よかったですねえ、と笑った。

「ところで、なんですか。デキって」佐崎が尋ねると、

「ああ、あれですよ」

洋一はデハ１００２の後ろに見えている、側面から見ると凸の形をしている黒い小さな機関車のようなものを指差した。

「貨物列車なんですよ。昔はあれでヤマサの塩を運んでいたんです。今は世界に二両しか存在していません」

「へー。こりゃまた、すごいのがいるもんだね」

「あのですね、今いるデキ君は完全装備なんです」

熊ちゃんは得意げにデキ3のてっぺんから伸びているひょろ長い黒いポールを指差した。洋一が説明する。

「集電ポールがついているんです。もともとうちにはないものなんですけど、鉄道好きな方に特別にお借りしてまして」

「なるほど。それにしても、ここは昭和のブルースがよく似合いそうだ」

「仲ノ町ブルースですね」洋一はそう言って歌いだした。

「あなた知ぃってるぅ～♪」

なかなかよい声をしている。佐崎も調子に乗って歌いだした。

「港・銚ぉしぃ～♪」

「醤油工場にぃ潮風吹けばァ～」

「解体車両を惜しむよにィ～仲ノ町辺りに灯がともるゥ」

「恋と情けの」

「ドゥドゥビドゥビドゥビドゥバァ～♪」

二人が声を合わせて歌うと熊ちゃんがけらけら笑った。

「古臭いなー、何ですか、その歌」

「知らないよな、青江三奈」

洋一が呆れ顔で言うので熊ちゃんが小熊顔で拗ねた。

「じゃあ、これも知らないだろ」

佐崎はポケットからカセットウォークマンを取り出した。

「うわ！　懐かしい！」

洋一が感激したように手に取ってしみじみと見ている。熊ちゃんは不思議なものを見るように目をぱちぱちしておもむろに首からぶら下げているカメラを手にした。

「あの、これ、撮ってもいいですか？」


その日、明寿香は年下の彼氏が休みだからとレッスンを休んだ。今日こそは終わったら先生とお話ししようと清美は密かに決めていた。ここのところ、依田はなんとなく元気が無いようだった。時折垣間見せる物憂い表情が清美の胸を痛めていた。

レッスン後、清美は教室の隅でぐずぐずしていた。派手な色に髪を染めたおばちゃんが、しつこく依田に話しかけているのだ。どうでもいい上に下世話な内容で、はたで聞いている方が不快になってくる。

「依田先生」

思わず呼んでいた。依田は、はっとしたように清美の方を向いた。

「すみません、さっきの件、途中でしたね」

依田の咄嗟の機転に、清美の方がどぎまぎしてしまった。おばちゃんは露骨に不機嫌な顔で清美に一瞥をくれて、教室から出て行った。ふん、私の方が若いんだから、と清美は心の中で強気になる。

「いやあ、助かりました。田子さん、いつもなかなか帰って下さらないんですよ」

依田の微笑みに釣られて清美の頬も緩む。

「お礼と言ったらなんですが、よかったらお茶でもしませんか」

「えっ」

清美はよろめいた。こんな展開、嘘みたい。自分と依田の後ろでゆっくりと、巨大なピンク色の薔薇が咲き誇ろうとしていた。清美はそんなイメージにうっとりとした。

依田が案内したのは、教室からほど近い落ち着いた照明のアジア風のカフェだった。

「ええと、ローズヒップ&ハイビスカスティーにしようかしら」

清美が迷いながらメニューを見ていると、依田が手を伸ばしてメニューを押さえた。

「せっかくですから、カクテルなんかいかがですか。ここのカクテルはいけますよ」

「ええ、じゃあそうします」

このシチュエーションに清美はすっかり舞い上がっていた。カクテルが、自分がほとんど飲めないアルコールだということすら忘れていた。

「エキゾチックパインと、僕はコロナを」

慣れた風にオーダーする依田を清美は誇らしい気持ちで見ていた。カラフルな色の液体が入ったグラスにはハイビスカスがさしてある。清美はおずおずと太いストローに口をつけた。吸いこむと甘酸っぱい味が口の中いっぱいに広がる。

「……美味しいわ」

「でしょう」

依田が得意げにほほ笑んだ。そんな子供っぽさのギャップも清美の胸をくすぐる。

「先生、ここのところお元気がないようですけど」

清美は思い切って聞いてみた。依田はさも意表を突かれたかのようにうつむいた。

「生徒さんに気づかれているなんて、僕もダメな講師だな」

「そんなことないです。何かあったなら相談してください。私でよかったら」

頬がじんじんと熱い。こんなふうに積極的になれるのは、この不思議な飲み物のせいだろうか。依田は、しばらく黙っていた。そして重そうに口を開いた。

「他の方には絶対に言わないでくださいね」

「勿論です！　誰にも言いませんわ」

「実は今、作曲家の幸村郷の曲を僕が歌えるかもしれないって話が来ているんです」

「えっ！　あの幸村郷！」

清美は興奮気味に大声を上げて、慌てて口を押さえた。幸村郷は、今を時めくアイドル歌手から熟年の演歌歌手の楽曲まで幅広く手掛ける若手の人気作曲家だ。信じられない、そんな凄い人とつながりがあるなんて。

「ええ、彼が僕の書いた詩を気に入ってくれていて、ぜひ曲を作りたいって言っているらしいんです。ですが、プロデューサーからなかなかゴーが出なくって」

清美にはプロデューサーというのが一体どういう職業なのかはわからなかったが、業界のエライ人なのだということくらいはなんとなく理解が出来た。

「プロデューサーは制作資金を自己負担するならCDを出してもいいって言うんです。あの幸村郷の曲ですから、出したら絶対に売れるのはわかっているんです。でも、プロデューサーはとにかく強欲な奴で……。そうやって人の足元を見る……」

依田は悔しげに唇を噛みしめた。

「CDが売れるのが夢だったのに。僕は、このチャンスをみすみす逃すしかない」

聞いているうちに、清美は自分のことのように悔しい気持ちなってきた。

「私が力になれることならいってください」

清美は力強くそう言っていた。

「心強いです。佐崎さん、いや、清美さん。ありがとう」

依田の潤んだ瞳と媚薬のようなカラフルなトロピカルドリンクが、自分の中の何かを溶かしてしていく。清美は微かに恐れを抱きながらも、背徳的な甘美に酔いしれた。


子供の頃、父親に買ってもらった鉄道の本で見た御茶ノ水駅の景色が大好きだった。美しい放物線を描くアーチ橋の聖橋の下を神田川が流れ、その川岸ギリギリのところに国鉄のホームがある。オレンジ色の中央線快速と檸檬色の総武線各駅停車がすれ違う。その下に一瞬顔を覗かせる地下鉄丸ノ内線の赤い車両……国鉄と地下鉄の線路が交叉する立体的な絵図とそれぞれの電車の色彩が何とも言えず魅力的で、飽かずに眺めていたものだ。数十年の時を超えてその車両を目の前にすることの幸せは、恐らく銚電が好きな撮り鉄にも、ましてや年若い熊ちゃんには、決してわからないだろう。

佐崎は自分が運転士になってそれらの電車を走らせる姿を想像してはうっとりした。

「あなた、できてるわよ」

佐崎はぎくりとした。食卓に頬杖をついて夢想していた自分を、清美がじっと見ていた。冷めた目だった。佐崎はなぜか後ろめたい気持ちになった。しかし今更自分の夢を語ったところで、清美にわかるはずもない。

結婚前は、二人でよく電車に乗った。清美は電車に乗るとたちどころに寝てしまうのが常だった。その寝顔を見ているのも悪くはないと思ったのが、結婚を意識したきっかけだったと、ふと思い出して苦い気持ちになった。

食卓の料理は簡素なもので味噌汁もなかった。買い物をさぼったのだろうか。

「梅雨時は買い物が大変なの。作りすぎてもカビちゃうし」

清美が言い訳がましく言った。

「あなた、今週も銚子?」

「ああ、犬吠駅でイベントがあるんだ。そうだ、お前も一緒に来るか?」

妻を洋一達に紹介してもいいだろうと佐崎は思った。

「その日は、カラオケ教室の発表があるから」

しかし清美は素っ気なくそう言って、黙々と食べ始めた。

海の日は天気もよく犬吠駅は大勢の人で賑わっていた。異国風の屋台からは食欲をそそるスパイシーな匂いが漂っている。都内から来ているらしいお洒落カップルや熟年夫婦などは赤ワインにシナモンやクローブを漬け込んだフルーツを混ぜ合わせたサングリアとポルトガルビールの屋台がお目当てらしい。外国人観光客もちらほら、家族連れの市民や鉄道ファンも集まり広場は楽しげなムードに包まれ、予想以上のにぎわいを見せていた。

佐崎は屋台でポルトガルビールを買った。茶色い瓶の赤いラベルに「SUPERBOCK」と書かれたビールは、軽いのみ口だがしっかりとした味でなかなかいける。外で昼間ビールを飲むのなんて何年ぶりだろうか。それだけで気分爽快だ。

広場の中央にはステージが設けられていた。そのステージで地元の高校生の吹奏楽部が演奏の準備をしているのを見ながら、佐崎はのんびりビールを飲んだ。

ふと見るとカメラをぶら下げた熊ちゃんが、きょろきょろしながら歩いている。何時にも増して挙動不審だ。佐崎が近寄って、「よう！」と声を掛けると熊ちゃんは大袈裟にぴょいんと飛び上がった。

「あ、なぁんだ佐崎さん」

「がっかりした顔して。なんだってなんだよ。誰か探してるの？」

熊ちゃんはもじもじしている。

「あの、僕、女の人を探してて」

「彼女かい？　なんだ熊ちゃん意外とやるなぁ」

冷やかすと熊ちゃんは、違うんです、そうじゃないんですと泣きそうな顔でいう。

地元の高校生の吹奏楽部が演奏を始めた。佐崎が演奏に気を取られている間に熊ちゃんはいなくなっていた。

絽《ろ》の長着に袖なしの羽織を身に着け、い草の帽子をかぶった粋な老人がにこにこしながら、そちらこちらに挨拶をしている。銚子電鉄の社員はなぜか皆うやうやしく頭を下げていた。

「あれが噂の電車翁か」

その存在は熊ちゃんに聞いていた。翁は佐崎にも気さくに声を掛けてきた。

「いやあ、いいポルトガル日和ですねえ」

意味がよくわからないままに佐崎は「そうですね」と相槌を打った。

「佐崎さん！」

見るとエプロン姿の洋一が、緑と赤のカラフルなペンキで塗られた屋台から、にこにこしながら手を振っていた。

「洋一さん、なかなかサマになってるじゃないですか。何を売っているんです」

「ポルトガルの代表料理、バカリャウを銚子の魚、ホウボウでアレンジしたものに、魚介とトマトの煮込み料理カルディラーダです。いかがですか」

「何かすごいね。ひとついただこうか」

新鮮な魚介で煮込まれたスパイシーな料理は予想以上に絶品だった。

「ところで、例の件の進捗はいかがですか」

「少しずつですが動いています。いよいよ具体的に詰める段階まできていて、忙しくて」

「私の方はいつでも準備万端ですよ」

洋一の笑顔が陰った。

「相応の費用が掛かることは、お伝えしておかなければと思っていまして……」

口ごもる洋一に、佐崎は陽気に笑い返した。

「わかっていますよ。それで、いくらぐらい必要なんですか」

ステージではポルトガルの音楽ファドの歌い手だという紹介で、バンドの演奏をバックに赤いドレスの女が歌いだした。小柄だがスタイルがよく、なかなか美人だ。その歌声を聴いた佐崎は思わず惹きつけられた。この曲は聴いたことがある。ちあきなおみのアルバム『待夢』は、そういえばファドのカバー曲だったっけ。タイトルに惹かれてレコードを買ったのは遠い昔の話だ。

美しい女が艶っぽく伸びやかに歌い上げる情念の世界に引き込まれ、佐崎はしばし時を忘れた。

ふと、妻の顔が思い浮かぶ。出がけに、鏡の前でめかし込んで、浮かれた様子で鼻歌を歌っていた。佐崎の誘いを断って、そそくさと出かけて行った様子は思い返すと不自然だった。そういえば、ずいぶん派手な色のワンピースなんか着ていたな。化粧もいつもより濃いようだった。唇を吊り上げて、真っ赤なルージュを引いていた。

俄かに、佐崎の胸の中に暗雲が立ち込めた。なんだ、このもやもやは。佐崎はここ最近の妻の様子を思い返した。食卓に手抜きの料理が多くなったのは本当に梅雨のせいなのか。いや、まさか、あいつに限って。急にビールが不味くなった。

佐崎の曇った心をよそに、犬吠駅のエキゾチックな音楽とスパイシーな匂いを包み込んだ空は冴え冴えと澄んでどこまでも青い。

帰宅すると、夕飯は出来合いの惣菜だった。レンジでチンした白身魚のフライはぎとぎと油っぽい。文句の一つでも言ってやりたがったが、我慢した。清美はぽーっとして上の空の様子だ。佐崎が二度ほど、「なあ」と呼びかけて、清美はやっと反応した。

佐崎が箸を置くと、清美は慌てて小皿の醤油をこぼした。

「お前、なんか隠してないか？」

「隠すって何をよ」

とぼけているような素振りにも見えた。だが、単純な妻に隠し事などできるはずはないと佐崎は思っていた。もう少し突っ込んでみよう。

「最近、随分とめかしこんでるようだからな」

「あら、あなたにもそんなことがわかるの？」

清美がさも意外という顔をしたので、佐崎は憮然とした。

「カラオケ教室で仲間ができて張り合いが出来ただけよ。みんな、おばちゃんだけどね」

清美は素っ気なく言った。なんだ、やはりそれだけか。つまらないことでやきもきした己が恥ずかしかった。佐崎はほっとして、本題を切り出すことにした。

「突然だが、俺は銚子電鉄の嘱託社員になって運転士を目指すことにした」

「運転士って、仕事どうするのよ？　まだ家のローンだって残ってるのよ」

少女漫画な妻も、こういう時は即座に現実的になる。

「大丈夫だ。今の仕事は辞めずに嘱託職員として運転免許を取るんだ。それで、なんだが」

佐崎は一呼吸置いた。清美はまだ不審げな顔をしている。

「運転免許の取得費用として二百万必要だから用意して欲しい」

「はい？」

清美は目をしばたたかせた。

「そのくらいの金額ならなんとかなるだろ」

「最近は詐欺が流行ってるのよ」

「バカバカしい。歴史のある鉄道会社が詐欺をすると言うのか」

「大体、運転士ってそんな簡単に免許なんて取れるの？　もしなれなかったらどうするのよ？」

「取れるさ。俺は銚子電鉄の運転士になるんだ。長年の夢だったんだ」

「ねえあなた、よく考えてよ。二百万なんて現実的じゃないわ」

嗜められて、佐崎は苛々してきた。まるで母親に許しを請うみたいじゃないか。

「なんのために貯金があるんだ」

「私が毎日家計簿と必死ににらめっこして貯めて来たからあるのよ」

「だから、その金を誰が稼いできたと思ってるんだ」

みるみるうちに妻の顔色が変わった。睨みつけるような眼の中に侮蔑と憎しみの色が浮かんだ。佐崎は驚いた。どうしてこんな顔をされなければならないのだ。

「お前は、朝の総武線快速に乗ったことがあるか」

「何で私が朝の快速に乗らないといけないのよ？」

清美は不満げに言い返した。佐崎は、これまで溜め込んできた我慢があふれ出してくるのを、止めることができなくなった。くだらない毎日の為に俺は生きてきたわけじゃない。

もう真っ平だ！

「いいから乗って見ろ！　車内はぎゅうぎゅうで酒と香水と夏場は腋臭が立ちこめて、電車が揺れればハイヒールで靴を踏まれて、ちょっとでも身体が当たろうもんならOLに睨み付けられて、それが怖いからホールドアップのまま立ち続けて、駅についたらもみくちゃにされてドアの外に吐き出されるんだぞ！」

怒鳴りつけるように一息でそう言って佐崎は乱れた呼吸を整えた。妻に怒鳴りつけたのは、結婚以来初めてだった。後悔はなかった。

黙って聞いていた清美は、目をぱちぱちしばたたかせた。

「それで、それはすべて私のせいなの？」

まるでわけがわからないという顔だ。それは決して芝居ではなかった。そのことが余計に忌々しかった。無理やりに自分を押さえた。夫婦喧嘩は醜悪だ。清美はいつだったか、「愛し合ってるから、喧嘩するんだわ」と言ったことなど、とうに忘れてしまっているようだった。

日々を営むことはそう難しいことではない。が、日常の些細なヒビ割れは、気づかぬうちに触れただけで崩れ落ちるほどの傷になりうるということを、佐崎も清美も考えたこともなかった。


運転士になるという夢に対する佐崎の情熱は、妻の無理解を許せなかった。

こうなったら、強硬手段をとらせてもらう。

私用の為と上司に告げ午後から会社を早退したことに背徳心はなく、むしろ心は晴れやかだ。佐崎は颯爽と平日の総武線に飛び乗った。

今動かなければ、夢が逃げて行ってしまうようで気が急いた。我ながら我慢のきかない子供のようだと苦笑しながらも、佐崎は満足だった。自分がやりたいことに向かって走り出している幸福感に充ちていた。

思い出したように、カセットウォークマンを取り出してイヤホンを耳に捩じりこみ再生ボタンを押す。じりじりと微かなノイズの後に懐かしいメロディーが流れ出す。

親父。俺は、やっと、自分の走るレールを見つけたよ。

昭和のブルースを供え物に、心の中で天国の父親に報告した。

千葉駅で降りた佐崎は、真っ直ぐに預金を預けてある銀行に出向いた。金を下ろしたら、その足で銚子まで行こうと決めていた。

が、銀行の窓口で身分証と通帳を差し出した佐崎は、定期預金から二百万円が引きだされているのを知り驚愕した。市内のATMからカードで引き出されたのはほんの二時間前だった。佐崎が狼狽しているのを見た銀行員が心配げな顔で、「何かございましたか」と、尋ねてきた。

「いや、ちょっと」

佐崎は少しの間思考した。妻のとぼけた顔が浮かぶ。

「そうか、清美のやつ、下ろしておいてくれていたのか」

一人合点して笑顔で銀行を出た。わざわざ会社を早退することはなかった。どうにも理解しがたいところはあるが、妻はやはり自分の妻なのだ。まだその辺りにいるかもしれない。とりあえず妻をつかまえよう。そうして一緒に銚子へ行こう。あの古くて魅力的な車両に乗せてやろう。

佐崎は携帯を取り出し清美にかけたが何度鳴らしても出なかった。自宅にかけたが不在だ。もう一度携帯にかけると今度は一発で留守電になる。あいつ、またちゃんと充電をしないで出かけたのか、そう思いながらも佐崎は、胸につかえるような嫌な予感を抑えることが出来ずにいた。

落ち着けと自分に言い聞かせる。とりあえず、珈琲でも飲もう。繁華街に続く高架下をふらり歩き出した佐崎は、十数メートル先に清美の姿を見つけて立ち止まった。清美はめかしこんで、見知らぬ背の高い若い男と並んで歩いている。

慌てて追いかける佐崎の前で点滅していたスクランブルの大きな交差点の信号が変わった。止まっていた車が走り出す合間に信号を渡りきった清美と男が見えた。二人は富士見町のナンパ通りに入った。そしてそのまま佐崎の視界から消えた。

アジア風のカフェはすっかり馴染みの場所になっていた。カラオケ教室が終った後に、明寿香と別れたらここに引き返すのが火曜日の午後の決まり事だ。いつものカクテルをストローでくるくるかき混ぜる清美の口元には、恋する少女のように幸せそうな笑みが浮かんでいる。少し遅れて依田が来る。

「明寿香さん、なんか言ってなかったですか」

清美は困惑気味の笑顔を浮かべた。

「ええ、最近なんだか怪しんでるみたいなんです。女の勘っていうのかしら。怖いわ」

「僕にも色々メールしてくるんですよ。清美さんと怪しいんじゃないか、って」

明寿香を焦らせているという事実は清美の自尊心を刺激した。

「大丈夫です。私、絶対に誰にも言いませんから」

「そんなの、ちゃんとわかってますよ」

依田が拗ねたように言う。そんな様子が愛おしい。

「そうそう、あの件、なんですけど」

「任せておいてください」

清美は得意げにそう言って、ハンドバックから銀行のマークの入った分厚い封筒を取り出した。依田の顔がパッと輝いた。

「本当に、こんなことまでしてもらって、なんて言ったらいいか」

言葉に詰まる依田に、清美は明るく笑った。

「いいんです。先生のお役に立てるのなら」

清美はテーブルの上の封筒を押しやる。その手の上に依田は自分の手を乗せた。清美は触れられた手が熱を持っているのを感じている。頭の奥で早くこの手を引っ込めなければと言っている声を清美は無視した。依田はそのままぎゅっと清美の手を握った。

「CDが売れたら、必ず、お返しします。いや、絶対に売って見せます。清美さんのお気持ちに報いるためにも」

依田は封筒を鞄に仕舞い込んだ。清美を見つめる依田の目は潤んでいた。清美はその瞳をうっとりとして見つめた。ふと夫のことが頭を過る。運転士になるのに二百万も払うなんて、そんな馬鹿げたことはないわ。私は、これから華やかに世に出て行く人を助けるの。これは素晴らしく特別なことよ。清美は、いつものように軽く依田を制して、伝票を掴んだ。

佐崎が「アスカ美容室」に着くと、定休日だった。中に人がいる気配がしたので佐崎はドアを開けた。ちりりんと可愛いベルが鳴り響いた。派手なメイクの女が、「すみません、今日はお休みなんです」と言って、佐崎の姿を見ると怪訝そうな顔をした。

「突然すみません、佐崎と申します。清美がいつもお世話になっています」

女は一転してにっこりした。この女が明寿香か、と佐崎は思った。

「そんなぁ、こちらこそ」

こそばゆくなるくらい甘ったるい声だった。清美が話していたイメージとは随分と違う。「女一人で美容院を経営していて、さっぱりした性格で、なんでも話せちゃう」そういうタイプにはとても見えなかった。口紅が毒々しい。佐崎は背筋がぞくりとした。不快感を抑えて、できる限り事務的に話そうと決めた。

「清美は、来ていないようですね」

見ればわかることである。そのまま佐崎は、何をどう切り出してよいものだかわからず、視線を泳がせた。鏡台の前の女性週刊誌が目に入る。表紙には、「貞淑な妻たちの告白！　濃密な真昼の情事」と書いてある。佐崎は汚れたものを見るように顔をしかめて目を背けた。諸悪の元凶がここにあるのではないかとさえ思われた。

「清美ちゃんって、ほんといい奥さんですよぉ。夕飯を作ることだけが生きがいみたいなんですもの。いらっしゃる時はいつもビニールから飛び出した長葱と一緒」

明寿香はそう言いながら、うふふふっ、と笑った。なんなんだこの女は。佐崎はバカにされているようで不愉快だった。ここに来たのは間違いだったようだ。

「妻とはぐれてしまいましてね。こちらかと思ったもので。失礼します」

そう言って出て行こうとすると明寿香が妖艶な笑みを浮かべた。

「わかってますわ。清美ちゃんと依田先生とのことでしょう」

何もかもお見通しといった顔だった。依田？　さっきの男のことか？

「何のことでしょう？　どなたですか、依田先生とは」

とぼけてそう返した途端、清美が「先生」と言っていたのを思い出した。カラオケ教室の講師はＣＤも出しているプロの歌手なのよ、などと自慢げに話していた。そうか、カラオケ教室の講師か。いつかの黒雲があっという間に佐崎を包み込んだ。

「あら、違ったんですか。いやだ、あたしったら」

明寿香はそう言いながらもさも意味ありげに微笑んだ。問い詰めたかった。だが、この女に屈するようでプライドが許さなかった。佐崎は軽く一礼して店を出た。そのまま昔馴染みのバーで飲んだが、いくら飲んでもなぜか酔わなかった。途中、佐崎は妻に電話をした。今日は会社の付き合いで飲むから遅くなると。そして何事もなかったかのように、十一時過ぎに帰宅した。妻はまったくいつも通りだった。

「カラオケ教室は、都合により休校となりました」

その通達が流れた時、清美はいよいよ依田が始動するのだと思った。それに一番貢献しているのは、他ならぬ自分なのだ。「いよいよですね。おめでとうございます！」早速お祝いのメールを送ったら、なぜかエラーで返って来た。わずらわしい人間関係があると依田はいつか言っていた。有名になると、たかってこようとする奴らばかりでうんざりする、と。それでアドレスを変えたのに違いないと思った。

清美は、依田から新しいアドレスが知らされるのを待った。すぐにでも連絡を取りたかったが、電話番号を聞いていないことにやっと気づいた。我ながらドジだわ、と清美は苦笑いした。それから一週間が過ぎた。依田からの連絡はなかった。清美はやきもきした。そんな、まさか。携帯が鳴っていた。明寿香からだった。清美はなぜか出ることが出来ずにいた。感じていた優越感を打ち砕かれるのが怖かったのだ。

更に三日経った。清美は、留守電のメッセージを再生した。

「もしもし？　清美ちゃん。明寿香です。聞いてびっくりよ！　依田先生、どうやら詐欺師だったみたいなの。田子さんが被害に遭いかけて発覚したのよ。幸村郷の曲でCDを出すって言って、その制作資金を巻き上げるのが手口らしいわ。あんな涼しい顔して、おっかないわよね。カラオケ教室の中にも声を掛けられてた人が何人かいたみたい。まさか、清美ちゃんに限って大丈夫だと思うけど、一応知らせておくね」

メッセージを削除する指が震えていた。

コンソメでローレルを煮込む匂いが廊下いっぱいに満ちている。妻は最近、ずっと作っていなかった自分の好きな料理ばかりを作る。どれも手の込んだものばかりだ。それが悪い予兆なのか妻の罪滅ぼしの気持ちなのかさっぱりわからないまま、佐崎は腹の底に消化できない重苦しい黒い鉛を抱え続けている。

これまでならばその日あったつまらぬ出来事をとりとめもなく語る妻だったが、最近では無言のままテーブルに手の込んだ料理を並べる。長年空気のように思っていた存在が、急に余所の女のように思える。怒りと、悔しさともどかしさ、そして何よりもこの腹の底にあるのは「嫉妬」だ。

「俺は見たんだぞ！　依田という男とはどういう関係だ！」

心の中でしか問い詰めることしかできずに佐崎は食卓についた。テーブルの上に盛られた丸々としたロールキャベツが湯気を立てているのに食欲は萎える。夕飯を作ることだけが生きがいだなどと、明寿香のような女に嘲られた妻を思うと哀しくなった。

佐崎には妻の不貞を問うことはひどく恐ろしかった。知りたくて仕方がないという焦りに似た好奇心と、真実など知りたくないという閉鎖的な感情がぶつかり合う。怒りよりも恐怖が勝っている自分がどうしようもなく情けなかった。

明治時代にイギリスから来日したお雇い外国人の灯台技師、リチャード・ヘンリー・ブラントンの手によって作られた歴史を誇る灯台は、日本を代表するにふさわしい風格を備えて穏やかに屹立している。青空に白亜が冴え渡る。佐崎は空に向う真っ白いロケットのような灯台を見上げてまぶしそうに目を細めた。

なぜここに来たのかは自分でもわからなかった。洋一から何度も電話が入っていたが、答えることができないほど、佐崎は余裕をなくし、憔悴していた。

もはや運転士の夢どころではなかった。ようやく断る決心がついて銚電に乗ったのはいいが、気が重く仲ノ町で降りそびれたのだ。外川の漁港にでも行ってみようかと思ったが、ふと犬吠埼灯台《いぬぼうさきとうだい》を見てみようと思いついて犬吠駅に降り立った。

犬吠埼という地名は義経の愛犬だった「若丸」が岬に置き去りにされて、主人を慕い鳴き続けたことから名づけられたという説があるという。

妻の不貞を質すこともできない惨めな負け犬もここで遠吠えでもしようかと、「あおおーん」と、一声吼えてみたが、ますます惨めになるばかりだった。灯台には登らずに岬から浜に向かう長い木の階段を下って浜へ下りた。磯づたいに灯台を一周できる遊歩道は高波で破壊されたらしく立ち入り禁止になっている。

階段を降りきって白亜紀の堆積物の岩がごろごろしている足場の悪い岩場に立つ。眼前に海がある。太平洋の荒波が白い飛沫を飛ばし、岩礁に砕ける様を佐崎はじっと見つめていた。自分も身体ごと波にさらわれてしまいたかった。佐崎はふらふらと波に近づいて行った。突然背後から大きな声が聞こえた。

「早まっちゃ駄目ですよッ！」

反射的に振り返った瞬間、佐崎は足元の岩に躓いてバランスを崩した。リーゼントにアロハシャツを着た見知らぬ中年男が蒼白な顔をしているのが目に入った。男は、

「あっ！　危ない！」

叫んで佐崎に駆け寄ったがもう遅かった。佐崎はざぶん、と音を立てて海に落ちた。

清美は、銚子電鉄に揺られていた。

どうして私はここにいるんだろう。ぼんやり考えているが、いくら理由を考えてもわからなかった。夫が夢中になっているものを見てみたいという思いもあるような気がするし、どこか遠くの知らない場所に一人で行ってみたいという思いもあった。

二百万円を引き出した後の預金通帳を見た時は心臓が止まりそうになった。どうして夫はそのことを問い詰めないのだろう。まんまと詐欺師の依田に騙されたことを白

状しなければと思っているのだが、何をどう言えばいいのかわからなかったし、何より怖かった。

「次は犬吠駅です」

アナウンスが流れたところで携帯が鳴った。慌ててカバンの中を探すがなかなか見つからない。取り出すと画面には「夫」と表示されている。まさか、銚子にいることを夫は知ったのだろうか。清美は保留を押した。

もういい、電車を降りたら引き返そう。が、携帯は間髪をいれずにまた鳴り出す。電車が停車した。仕方なしに犬吠駅で清美は降りた。

六度目の着信で通話ボタンを押すと聞き覚えのない男の声が流れた。

「もしもし？　佐崎さんの奥さんですか？」

「はい、そうですが。主人は」

「落ち着いて聞いてください。実は佐崎さんが海に落ちまして――」

清美はぐらりとよろけて白壁のアーチ型の窓にもたれかかった。

「大丈夫ですよ。ぐっすり眠っているようですから」

犬吠駅まで迎えに来たのは明らかに怪しいリーゼントの男だった。乗せてもらった車はアメ車で、清美はひどく混乱したが、車が止まった先がピンク色の外壁のラブホテルだったので、それこそ警戒して車を降りなかった。そこに熊のようなもっさりした青年が現れて、首からかけているカメラをいじりながらしどろもどろに話しかけてきた。

「僕、あの、佐崎さんにはいつもお世話になってて。佐崎さん、海に落ちて今寝ているんです」

どうやら、夫が本当にここにいるらしいと理解した清美はやっと車を降りた。

リーゼントにアロハシャツの男は椎名と名乗った。このホテルの支配人だという。清美はまだ不審げに周りを見渡した。入り口にはガラスのショーケースがあり、外国の車のプラモデルが並べられている。

「私の私物です。アメ車のコレクションなんですよ」

椎名が得意げに言った。怪しい風貌だが笑うと意外に邪気がない。

「アメリカの西海岸でノスタルジックなホテルを経営するのが夢でしてね。今は犬吠に落ち着きました。まあ、ここもそう悪くないですよ」

清美は「はあ」と、適当な相槌を打った。内心忌々しかった。まったく、どうして、男ってこう「夢」だとかなんとか語りたがるの。

「好きなことをやっていらっしゃるのは結構なことですね」

嫌味にならないように努めながら清美は言った。笑顔は少しひきつっていたかもしれないと思ったが、椎名は全く気にしてしない様子で、昔バンドをやっていた話などを始めた。椎名の隣のもっさりした大柄な青年と目が合った。

「奥さんの話は、聞いてました。料理がすごく上手くってなんでも美味いんだって。僕、ずっと羨ましいと思ってました」

「へえ、そりゃあ本当に羨ましいな。実は私、家出中なんですよ」

清美は何と答えていいのかわからずに愛想笑いをした。

「何、ささやかな反抗です。でもね、女房が社長をやってくれてるから、俺はこうして好きなことをやっていられるんです。頭は上がんないですよ。でも、感謝してます」

椎名も青年も、見知らぬ佐崎夫妻の間にあるなんらかの事情を察して、このようなことを言っているのだと清美はようやく気づいた。

「主人が、ご迷惑をおかけしました」

二人に丁寧に頭を下げて、清美は案内された１０５号室のドアを開けた。

電車ががたごとと音を立てて揺れている。佐崎は、一両編成の列車の先端の狭い運転席にいた。振り返ると車内には誰も乗っていない。

窓の外に見えるのは通勤の快速から見える民家やマンションの群れだ。

「違う、俺が走りたいのはこんな場所じゃない」

そう思った途端、電車はがたごと音を立てて色の無い営団地下鉄のホームに滑り込んだ。隣のホームには黄色い銀座線が止まっている。佐崎の運転する電車が停車すると扉が勝手に開いて、白髪交じりの五十絡みの男が乗って来た。

「親父！」

佐崎は振り返って叫んだ。

「運転席から目を離しては駄目だ！」

叱咤するような父親の言葉に佐崎の全身はびくっと強張った。号令をかけられたかのように体が勝手に運転席に向かっていた。直ぐにでも父親の傍に行きたい気持ちを堪えて佐崎は運転を始めた。電車は再びゆっくりと走り出す。

「よかったな。運転士になれたじゃないか」

肩越しに父親の声が低く響く。佐崎は大きく首を振った。自分が金ボタンのついた立派な紺色の制服を着ていることにようやく気がついた。

「でも、でも俺は父さんみたいになっていない」

温かな、大きな掌が肩に置かれた。途端に佐崎は小さな子供になってしまったかのような錯覚にとらわれた。制服がぶかぶかだ。何時の間にか本当に子供になっていたようだ。佐崎は子供ならば許されると思いながら声を上げて泣いていた。

幾つ目かの停車駅で父親が下りていく気配がした。

やがて仲ノ町駅が見えてきた。

耳になじんだイントロが車内に流れ、気怠い、青江三奈の歌声が聴こえてくる。

仲ノ町のホームには洋一と熊ちゃんが突っ立っている。ふたりとも幽霊のように無表情でぼんやりとしていて頼りない。佐崎は電車を停車させようとしようとしたが、電車は止まらずに駅を通り過ぎた。次第に不安が強くなる。いったい、この電車はどこまで行くのだろうか。電車はトンネルに入っていく。暗い長いトンネルの先に光が見える。あの場所に行かなければと佐崎は思っている。

トンネルを抜けた先のホームには、清美が立っていた。微笑んでいる。そこには光がある。あの駅で止めなければ、止まらなければ、と佐崎は必死に願った。

目を開けても夢の残り香のように漠然とした不安が漂っていた。悪趣味な真っ赤な天井が目に入った。驚いて起き上がるとなぜかバスローブを着ている。ダブルベッドの傍らに清美が座っていた。佐崎はその膝に子供のようにすがりつきたい衝動を必死に抑えた。それにしても、どうして清美がここにいるんだ。必死に記憶を手繰り寄せるが、肝心の頭はひどくぼんやりしている。

「あなた、本当に死ぬ気だったの？」

そう心配げに言いながら、妻の言葉はどこかよそよそしかった。死ぬ？　なんのことだ。清美はベッドの脇に座ったまま、気まぐれな若い娘のように足をぶらぶらしている。

「そんなに銚子電鉄の運転士になりたい？」

なんだって？　夢の続きのように頭はまだぼんやりとしている。

「それはなりたいさ、でも――」口ごもると清美が唐突に言った。

「私達って、決して近寄ることのできない船の灯火なのよ」

「なんだよ、トモシビって」

妻の言っていることがおかしいのか自分の脳味噌が麻痺しているのかわからない。

「夜、海の上の船はね、暗闇でお互いにぶつからない為に灯火をかかげるの。私達も、ぶつからない為だけに灯火をかかげて来たのよ」

芝居がかかった妻の言葉に、いつもならならばあきれ返るのに、佐崎はなぜかぞくりとした。肌が粟立つのを感じていた。妻は、なんて悲しいことを言うのだろう。力いっぱい抱きしめたい衝動に駆られた。それは、愛おしいからではなく、怖いからだ。すれ違った船はそのまま、闇夜に姿を消してしまう。すれ違ったまま素知らぬ顔で通り過ぎていく二艘の船が脳裏をよぎる。駄目だ、こんな言葉に誤魔化されている場合じゃない。佐崎は自分を奮い立たせた。

「そんなことよりも、お前は」

あの男と……どうしてもその先が言えなかった。

「わかってます。あなたが稼いだお金だって言いたいんでしょう。借金でもなんでもして、一生かかっても返すわ」

「そのことじゃない」

「じゃあ何よ」

「依田のことだ」

清美の身体が強張った。

「あの男と浮気したのか」

佐崎が絶望したように問うと、清美は両手で顔を覆って小さくうめいた。煩悶する妻の姿を佐崎は呆然と見つめた。そんな、まさか本当に……。

清美が、がばと顔を上げた。

「浮気なんてしてないわ！　依田先生が絶対に有名になるって言うから、応援してあげようと思ったのよ。でも、バカだったわ。悔しいッ」

そう叫んだ清美は、心底悔しそうだった。

「本当なのか、本当にそれだけなのか」

佐崎は血走った目で妻を見た。

「当たり前じゃない。他に何があるっていうの？」

開き直った態度に、一瞬、演技なのではないかと思った。が、やはり騙されていたに違いないと思えた。バカな女だ。しかし、佐崎はほっとしていた。

「本当に、本当か」

言いながら佐崎は妻の隣にそっと近寄ると、太腿に頭を乗せて体を横たえた。妻は拒まなかった。柔かかった。そのぬくもりに佐崎は深い安堵を感じた。すれ違うための灯火なんて、そんなこと言わないでくれ。

「こんなところに来たの、何十年ぶりだろうな」

「もう！」

清美が大きく身をよじったので、佐崎の頭はベッドの上に投げ出された。清美は佐崎から目を背けたまま言った。

「ごめんなさい」

ピロロピロロピロロ……

ベッドの横の安っぽい電話機の着信音が、無神経にそんな佐崎と清美の空気を切り裂いた。

電話を切るとなぜか熊ちゃんが転がり込んできた。後ろから入ってきたリーゼントの男を見て佐崎は先の犬吠埼での出来事を思い出した。

「うわーん！　佐崎さん、よかったです」

熊ちゃんは目をうるうるさせて言ったかと思うと、

「じゃ、僕、用事があるんで失礼します！」

と、踵を返し猛ダッシュで駆けていった。

佐崎は呆気に取られて熊ちゃんの後ろ姿を見送っていた。どうやら犬吠埼で自殺を図ったと思われているらしい。まったく、とんだ勘違いだ。が、熊ちゃんとオーナーが心底ほっとしているのを見ると、とても言い訳をする気にはならなかった。

清美を伴って犬吠駅から銚子電鉄に乗り、仲ノ町に向かう。気が重くてたまらないが、洋一にはきちんと断らなければならなかった。仲ノ町の線路沿いには色とりどりのコスモスが咲き乱れている。

「きれい」

清美がつぶやく。仲ノ町の車庫が見えてくる。もうすぐいなくなる赤いデハ１００2の姿があった。胸が痛んだ。大好きな車両を運転して、この線路を走ってみたかった。電車を降りると、洋一が飛び出してきた。

「佐崎さん！」

隣にいる清美の姿を見て、洋一は慌てて頭を下げた。

「妻です」

佐崎の言葉に、清美はつつましく頭を下げた。

「何度も連絡をもらっていたのに、すみません」

佐崎が決まり悪そうにそういうと、洋一の顔が曇った。

「実は、運転士の件なのですが」

佐崎が言いかけると、清美の顔が強張った。洋一が突然がばっと頭を下げた。

「すみません、ダメになったんです」

洋一は泣きそうな顔で言った。

「えっ？」

「運輸局から、『現状では認めがたい』って返答がありました。安全面の不安と、営業運転をさせないという条件が引っ掛かったらしくて」

佐崎は拍子抜けした。清美もぽかんとしている。

「でも、まだ希望はあります。鉄道の歴史上あり得ないやり方だといくら言われたって、銚子電鉄ならきっと出来る。佐崎さんや鉄道ファンの夢は必ず叶えますから！」

洋一が熱っぽく言った。

上り銚子行きの電車に佐崎と清美は並んで座っている。乗客は中年の夫婦と年老いた老婆がいるだけだ。

「さっきの、洋一さんていい人ね。あの駅舎も懐かしくて素敵だったわ」

「やっと銚子電鉄の魅力がわかったか」

「私、働こうかな。あなた、ほんとはまだ運転士になりたいんでしょう」

佐崎は胸が熱くなった。

「本気で言っているのか」

「そりゃあ、そうよ。あなたが専業主婦になって欲しいって言うからそうしていたけど、私だってちゃーんと働けるわよ」

なんのことだ？　佐崎は、目をぱちぱちとさせて清美を見た。

「俺は、専業主婦になって欲しいなんて一度も言ったことないぞ？」

佐崎が言うと清美はむっとした。

「あなたが、『君はこの仕事向いてない』って言ったんじゃない！　だから私、結婚して専業主婦になろうと思ったのよ？」

「ひょっとして、あの忘年会の帰り道の話か？」

「そうよ。やっと思い出したの？」

佐崎は、おかしそうにくつくつと笑った。

「お前、経理なのに計算間違えてばかりで、お局に毎日怒られてただろ。あれが見ていられなかっただけだ。実際、まったくお前は経理に向いて無かったよ」

「え？」

妻がなぜぽかんとするのか、佐崎にはわからなかった。遠い記憶を手繰り寄せてみる。よく思い出せないが、あの時、確か清美は全く意味不明な返事をしたのだ。昔から勘違いが激しい女だった。

「別れましょう」

清美の言葉に佐崎は耳を疑った。妻は突然訳のわからないことを言うことがあるが、これはいくらなんでも飛躍しすぎだ。

「おいおい何の話だ」

「最初から間違いだったんだわ！　あなたは、勘違いで私と一緒になったのよ！」

清美は半泣きになった。ひどくショックを受けているようだった。何をどうしたらそういう流れになるんだ？　いくら考えても、なんのことやらまるでわからなかった。

終点の銚子駅についた。乗客はみんな降りて行ったが、佐崎と清美はまだ電車の中にいた。車掌がちらりと二人を見て何も言わずに降りて行った。

電車翁が乗って来て佐崎達の向かいの席に座った。佐崎は、翁に会釈して、清美をなだめようとする。が、清美は涙目で別れると言って聞かない。佐崎は弱り果ててしまった。翁がゆっくりと立ち上がった。そして佐崎たちの前に来たかと思うと、口を開いた。

「伴侶の伴という字は人の半分と書くのですよ」

「はあ」

突然、深刻な夫婦喧嘩の空気を吸い取られた佐崎と清美は、間抜けな相槌を打った。

「互いに同等の役割があり、互いのできないこと補う関係という意味です。二人いて、初めて一人になるということなんですね」

翁はきっぱりと言った。空気を読んでほしかった。今このタイミングでする説教ではない。

「私は、五年前に妻を病気で亡くしました。それはもう、たくさん後悔しましたよ。仕事に追われて家庭を省みなかったのです。一度くらい、ゆっくりと二人で電車に乗ればよかったと、今でも毎日思います」

「お気の毒です。でも、一緒に乗っていても、ばらばらなんですよ。私達」

清美が素っ気なく言った。

「一人ではないでしょう」

「あなたに、何がわかるんですか」

感情的になる清美を佐崎は制した。翁は寂しそうに微笑んだ。

「老人の戯言をお聞かせして申し訳ない。でも、羨ましいのです。私は、このまま、あの世に行くまで、半分のままです」

そう言って、翁はまた元の座席に座った。次々と乗客が乗ってくる。そろそろ下りの発車時刻だ。佐崎は清美を促して電車を降りた。

佐崎と清美は無言のまま千葉行の総武本線に乗り込んだ。

ボックス席に二人並んで座る。佐崎は窓側、清美は通路側だ。不意に先の翁の言葉がすうっと入って来た。自分は確かに半分だと佐崎は思う。

お互いの心の中に感じていることが同じなのかわからなかった。そうあって欲しいと佐崎は願った。清美が口を開いた。

「お爺ちゃんに悪いこと言っちゃったわ」

「仕方ないさ」

「私ね、時々、自分がどこにいるのかわからなくなるの」

「道に迷うってことか」

「ううん。違うの、そういうことじゃなくて」

佐崎は黙っていた。

「今ここにいる自分が、本当にここにいるべき人間なのかとか。そういう意味なのよ。ああ、上手く言えない」

清美はもどかしそうにハンドバッグの持ち手をぎゅっと握った。そんな感覚を妻も持っていたことに少なからず驚いていた。それは、自分が通勤電車で感じているのと違わぬ感覚なのかもしれない。

「とにかくね。時々迷うのよ。私、本当にここにいる人間なのかって」

妻が何を考えているのかなんてわからなかった。ましてや他人が何を考えているのかも興味がなかった。佐崎は妻を見た。妻はまだ考えているようにバックの持ち手を弄んでいる。

案外、みんな同じなのかもしれない。自分だけは違うと思っていたのは、自分の思い上がりに過ぎないのかもしれない。誰もが皆、自分のいる場所さえわからなくて漠然とした不安を抱えながら、無理に目を背けて、日々迷い続けている。

「出会った時のことなんか、もうどうでもいいさ。俺たちはこうして今、二人でいる」

佐崎がそういうと、清美はがたごと揺れている電車の揺れなのかわからないくらいに微かに頷いた。このままこうしてずっと二人で乗っていたかった。

「私、半分なんだね」

清美がつぶやいた。

「俺も半分だよ。一緒にこのレールの上を走って行けばいいさ」

佐崎は、妻の膝の上に置かれた手の上にそっと自分の掌を重ねた。清美は安心しきったように、佐崎の肩にもたれかかると、たちまち深い眠りについた。

第三便　熊さんとファドを

銚子電鉄君ヶ浜駅からほんの五分ほど歩いた場所に、「お立ち台」の踏切はある。緩やかな小さな坂を下ると、柔らかな青い葉に包まれた開きかけの薔薇の蕾のようなキャベツたちが出迎えてくれる。視界一面にぎっしりと広がる瑞々しいキャベツ畑は、のどかでメルヘンチックだ。その彼方に白亜の犬吠埼灯台が凛としてそびえている。坂を降り切ったところで十九号踏切にぶつかる。この場所はもともと農道だったところだ。そのためこの踏切には遮断機がなく、踏切警報器もない。黄色と黒の縞のバッ印の停止板だけが唯一の踏切である目印だ。

熊神は愛車のベスパを停めた。ローマの休日でアン王女が乗り回したスクーターは、ヘッドライトがフェンダーではなくハンドルについているのが映画とは違うが、色だけはこだわって映画と同じメタリックのグリーンにした。とは言っても、モノクロの映画でベスパの色などわかる由もないのだが。ベスパから降りると、熊神は真剣にカメラを構えた。清水の舞台からダイブして買ったミドルクラスのデジタル一眼レフは、既に二世代前の型番で連写も一秒間に六枚が限界だが何よりも大切な相棒だ。

遠くから低く、ごとごとという音が聴こえてくる。大好きな銚子電鉄が走ってくる音だ。音が大きくなるにつれて胸の高鳴りも大きくなる。線路が緩くカーブしているため電車が迫ってくるように撮れる。犬吠埼灯台、キャベツ畑をバックに点在する木の電信柱を避けて、いかに巧く電車をフレームに入れることができるかに瞬間の真剣勝負を賭ける。

来た！　熊神は夢中でシャッターを押した。真っ赤な、在りし日の営団地下鉄丸ノ内線カラー。デハ１００２は来年二〇一五年早々に解体が決まっている。それまでに大好きな車両が走る勇姿をこのレンズに、体中に刻み込みたい。

再びベスパに乗って君ヶ浜駅を訪れると、一日の乗車数がわずか十五人程度のこの駅には、いつもの通り誰もいなかった。

君ヶ浜駅は十駅ある銚子電鉄の中でも殊更奇妙な駅だ。七〇年代には屋根もない完全な無人駅で粗末な木造の駅舎だったのが、白亜のイタリア風のアーチが構えられた。その後、張りぼてだったアーチは老朽化によりあっさり撤去され、四角いコンクリートの四本の柱だけが取り残された。ココスヤシに挟まれ錆びれかけた四本柱はシュールで、無機質な近代彫刻の様に奇妙な存在感を持って飄々と佇む。その様子は陽気なイタリアの雰囲気とはほど遠く、一種不気味な異国ムードを漂わせている。

きみちゃんの姿もなかった。きみちゃんは、この寂れた君ヶ浜駅では熊神ら撮り鉄はもちろん地元民にもおなじみのノラ猫だ。ぼんやりした色合いの年老いた三毛猫は、五年ほど前に、やせ細って死にそうになっていたところを近隣の住人に助けられ、以来この駅に居着いた。近所の人やボランティアの人たちの愛で今や丸々と肥えている。食事つき昼寝三昧の日本一幸せなノラ猫だ。

「にゃー」

背後から鳴き声が聞こえた。

「きみちゃん？」

そう呼びながら振り返ると、やや吊り上った真っ黒い二つの目が、不思議そうに自分を見ていた。それは猫ではなく、艶やかな黒髪のショートカットの女の人だった。むくんだ目のきみちゃんを重たそうに抱いている。きりっとした眉の数センチ上で切りそろえられた短い前髪がキュートだ。年上に見えたが、年が幾つくらいかなんてことは、奥手の熊神には到底わからなかった。

「名前、なんていうの？」

彼女はきみちゃんの背を撫でつけながら言った。熊神は固まっていた。女の人に話しかけられたのは数か月ぶりだった。それも、中身を知られたくない宅配便を届けに来た佐山急便のドライバーが若い女性だったので、慌てて判子を押したに過ぎない。熊神はおたおたした。彼女はきみちゃんをそっと降ろした。

「ぼ、僕、熊神学っていいます！」

勢いよくそう返すと、彼女はきょとんとして、それから思い切り吹き出した。

「ほんと、熊みたい！」

大柄で、もさもさした頭で、着古した縞のシャツにジーンズという地味で冴えない風貌の熊神をまじまじ見ると、彼女は視線をきみちゃんに向けた。

「訊いたのは、この子の名前なんだけど」

「あ、あの、この猫さんの名前は、きみちゃんて言います。猫さんなんですけど、この駅の猫駅長さんでもあります」

女の人は突然笑い出した。熊神は訳がわからずにその姿を見つめていた。

「それでさっき、きみちゃんて呼んだんだ」

「は、はい」

「びっくりした。あたしもきみちゃん。キミエっていうの」

その無邪気な笑顔に熊神はドキッとした。何て言ったらいいのか、わからなかった。

キミエは熊神のベスパを見た。

「あれって、君の？」

「ハ、ハイ」

「へー、かっこいいじゃん」

そう言うとキミエはベスパに走り寄ってひらりとまたがった。

「アン王女みたいだ」熊神は瞳をきらきらさせてつぶやいた。

テレビでやっていた『ローマの休日』を見てアン王女に一目ぼれした。ヘプバーン演じるやんちゃな王女様アンは、新聞記者ジョーを乗せてローマの街をベスパで危なっかしく走り回る。自分がグレゴリー・ペック演じるジョーのようにカッコよくはないのは百も承知だが、せめて愛しのアン王女の恋人気分を味わいたくて、無理をしてこだわりのベスパを買ったのだ。まさか王女様みたいな人が乗ってくれる日がくるとは夢にも思わなかった。

「ねえ、これで送ってよ」

ベスパに乗ったキミエの申し出に、熊神は慌てた。

「い、いえ、えーと。これは原付なんで二人乗りはできないんです。それに、ヘルメットも一個しかないし」

キミエの顔から笑顔が消えた。

「何それ。つまんないの」

キミエはベスパを降りるとそう吐き捨て、きみちゃんの傍にしゃがみこんだ。

「あーあ。誰かに連れて行ってもらいたい気分だったんだけどなぁ」

熊神は泣きたくなった。無理でもなんでも彼女を乗せて走ればよかったのだろうか。映画の中の恋人同士がローマの街中で無茶をしたみたいに。でも、それはやっぱり無理だ。ここはローマではなく関東平野の最東端、銚子なのだ。

「ごめんなさい」熊神は素直に頭を下げた。

「なんで謝るの?」

彼女の声はイラついていた。同時に、ぐーっ、という低くくぐもった音がした。それがキミエの腹の虫が鳴る音だということに、「あー、もう! お腹空いたー」と忌々しげなキミエの言葉が発せられるまで熊神は気がつかなかった。

「特急に飛び乗ったのはいいけど、銚子に来るまでのお金しか持ってなくてさ。歩いて外川まで行くつもりだったけど、もうくたくた。空腹で遭難しかけてたとこなの。ね、熊ちゃん、助けてくんない?」

邪気のない笑顔だった。だぼついたグレーのトレーナーは男物っぽい。ジーンズにクロックスのサンダル姿は、特急しおさいに乗ってきたというよりも、近所の人がその辺をぶらり散歩に来たといったふうだ。熊神は迷ったが、色褪せたジーンズの尻ポケットから古ぼけた二つ折りの財布を取り出した。

周りの人間は熊神を馬鹿だと嗤った。それは、熊神が簡単に騙されるからだ。高校を卒業して就職した印刷会社で親友だと思っていた同期が始めたネットワークビジネスに誘われた。そのおかげで多額の借金を負って今もその返済に追われている。自分が悪いわけではないのに、気まずくなり会社を辞めたのは熊神の方だった。

幾ら入っていたか思い出せないが財布の中身には自信がない。コンビニのレシートに交じって皺くちゃの千円札を三枚確認して迷った末、三千円の皺を伸ばしてキミエに差し出した。

「サンキュー！」

キミエが笑った。手持ちの財産をほとんど明け渡したと言うよりも、ポケットに入っていたチョコレートを一つ、差し出して喜ばれたみたいな気分だった。その笑顔が嬉しかった。給料日までのあと三日間を小銭で過ごすのも悪くはないとさえ思えてくる。

カンカンカンと踏切が鳴った。下り列車が近づいて来る音だ。

「あれって下り列車？」

「ハイ」

急にさびしくなった。もう少し、一緒に居たかった。

「じゃあね」

キミエは短い階段を踊るように軽やかに上ると、四本柱の左側をすり抜けた。電車がホームに到着した。熊神は咄嗟にカメラを構えていた。後ろ姿でも残像でもいい。彼女を捉えられたら。シャッターを押そうとしたその瞬間、キミエが振り返った。カシャ。捉えた！　キミエは一瞬挑発的に笑った気がした。

「次に会ったら、返すよ、熊ちゃん」

キミエは颯爽とライトグリーンの下り外川行列車に乗り込んで行った。

「次に会ったら」その言葉が確固とした約束だと熊神は固く信じた。

現像した写真のキミエは少しぼやけているが、あの挑発的で魅力的な笑顔はしっかり切り取られていた。熊神はたった一枚のその写真をぎっしりと電車の写真が並んでいる壁の真ん中に貼った。代わりに、それまで貼ってあった写真をはがした。王女様は二人いらない。熊神は剥した写真に向かって几帳面に謝った。

「ごめんね、アン王女」

キミエの写真を見るといつでも癒された。気がつくとぼーっとしている。寝ても冷めても、キミエの顔が頭から離れない。

「そうやってすぐに諦めるな！　だからお前はダメなんだ！」

中学の頃、教育熱心と呼ばれた体育の男性教師に言われて以来、事あるごとにずっと周りから言われ続けて来た言葉を思い出した。熊神には、ずっと不思議だった。どうして、みんなそんなに求めろというのだろうか。初めから手に入らないものを望むなんて、意味がないことなのに。そう思っていた。だけど、このところのこの不穏な心持はなんだろう。

ブ・ブー。古いアパートのブザーの潰れた音が鳴ったので熊神はぎくっとした。入居したばかりの頃、僅かに開けたドアの隙間から足を突っ込んでこじ開け、強引に六か月の契約を結ばせた新聞勧誘員は恐ろしかった。以来、熊神は息を潜めてドアスコープを覗くことにしていた。

小さな丸い穴の中にいたのは、背を丸めた、冴えない小柄な中年男だった。

「仲邑《なかむら》さん！」

熊神は笑顔でドアを開けた。仲邑とは大手運送会社で知り合った。熊神は梱包のアルバイト、仲邑はドライバーだった。世話焼きの仲邑は熊神に何かと親切にしてくれた。頑固なところがあって、会社の方針に従えず衝突して退職し、今は軽トラック便で独立して銚子市内で運送業をしている。持病の腰痛が悪化していて辛いので助手として手伝ってくれと頼まれ、アルバイトを辞めて手伝うようになって一年になる。家賃二万五千円のアパートを探してくれ、保証人になってくれたのも仲邑だ。熊神にとっては恩人だった。

「熊ちゃん、ご飯もう食っちったか？　いっぺえ作りすぎちゃってよ。男ん手料理なんてこんなもんなのかもしんないけど、俺ってほんっとしょうがないんだよなあ」

仲邑は白髪交じりの頭を掻いて、自分に呆れたとでもいったような顔をした。差し出したのは、白いホーローの容器いっぱいに入ったお煮しめだった。

「わー、美味しそうですね！」

手渡された惣菜はニンジン、ゴボウ、サトイモ、干しシイタケが出汁をとった煮汁を吸いこみ、素朴ながらに食欲を刺激する匂いを放っていた。彩に細く刻んださやいんげんまで散らしてある。それは作ってすぐに持ってきたかのように温かかった。作った時の温かさと、レンジでチンする温かさって、全然違うんですよねえ、僕、一人で暮らすまで気がつかなかったです、とはじめて仲邑の手料理を食べた時に言ったら、仲邑はなぜか涙ぐんで、そうだね、と言った。熊神は作りたての温かさを子供のように無邪気に喜んだ。

「ロん合うかわからないけど、鶏肉も入ってんよ。おかずんなるだろ」

「ハイ！　ご馳走様です」

熊神はぺこりと頭を下げた。

「いや、いいんだよ、じゃあ明日ね」

仲邑は満足げに微笑んで、小さな軽自動車で帰っていく。


その日は、スーパーにカップラーメンを運ぶ仕事だった。

「熊ちゃん、ぼーっとしてあじした？」

熊神は仲邑の言葉にドキッとした。キミエのことを考えていたのだ。

「いえ、なんでもないです」

「あんだよ、顔赤くして。ひょっとして恋でもしたのが」

熊神が黙っていると仲邑はおかしそうに笑った。

「冗談だよぉ。熊ちゃんに限ってそんなことないのはわかってるって。新しい撮影スポットでも見つけたんだろ？」

熊神は驚いていた。ひょっとして自分は、恋をしているのだろうか。こんなふうに女の人のことを考えるのは初めてかもしれない。仲邑がトラックの荷台をあげた。「熊ちゃん、女にゃあ気をつけろよ」仲邑は時折そんなことを言う。昔、女の人からひどい目にあったらしい。そんなこと言われても気をつけるべきシーンなんて皆無だと思っていた。たまに会う同業者の人は、もっと遊べと言うが遊ぶとは何をすることなのかわからない。

「恋」

熊神は恐る恐るその言葉を口にした。胸の奥から、甘い感情が湧き上がってくる。心がまた不穏にざわざわした。

僕は、恋をしたのかな。

次の休みに、熊神は愛車に乗って銚子方面へ向かった。誰に問われるわけでもないのに、撮影目的だと自分に言い聞かせる。真っ先に君ヶ浜に向かったが、駅にはキミエもきみちゃんもいなかった。

しばらく待ってみたが無駄だった。熊神はがっかりしてそのまま銚子電鉄の本社がある仲ノ町に向かうことにした。観音・仲ノ町間の線路沿いに咲いている菜の花がきっと撮り頃に違いない。熊神は錆びたフェンスに張り付くようにしてカメラを構えた。時速三十キロで走ってくる二両編成の緑色の列車に黄色い菜の花がよく映える。仲ノ町駅で百五十円の入場券を購入し、車庫に入ると車両の中に洋一の姿が見えた。

「洋一さん！」

思わず呼ぶと先客がいたようだ。見知らぬ中年男がこちらを見た。洋一から紹介された佐崎という男は、五十手前の平凡なサラリーマンで、くたびれたポロシャツにスラックスの佇まいだった。電車が大好きなようで営団地下鉄の話をした。洋一と佐崎は既に仲良くなっているらしく、一緒になって古臭い歌を歌っていた。

少々気難しそうに見えたが、話してみると佐崎は電車好きの人がいい男で、熊神もすっかり仲良くなった。ウォークマンでカセットテープを聴くのが趣味だという。自分を含めここに来るのは一風変わった人間ばかりだ。

帰りにもう一度君ヶ浜に行ったが、やはりキミエはいなかった。きみちゃんは、自動販売機の傍のプラスチックの猫小屋にいた。近所の人らしい白髪頭のお婆ちゃんが心配げに、サンダル履きできみちゃんの小屋を覗き込んでいる。

「ここんとこね、なんだか調子が悪いみたいなんだよ」

そういえばなんとなく元気がない気もしたが、きみちゃんは日ごろ元気があるようにも見えない。起きていても寝ているようにしか見えない。そんな猫だ。

「きみちゃん、大丈夫？」

「食欲がないみたいなのよ。きみちゃん、きみちゃん」

お婆ちゃんは孫にでも呼びかけるかのように優しく呼びかけた。きみちゃんはのっそりと小屋から這い出てきて小皿の水を舐め始めた。

「水を飲むようになったから少しはよくなったんだね。よかったよかった」

お婆ちゃんはそう言うと、去っていった。心がぽっと温かくなる。ノラ猫きみちゃんはこの場所で愛されている。こんな心温まる一コマを見るのも、銚子電鉄を訪れたくなる理由のひとつだった。熊神はきみちゃんの頭をなでなでした。

「きみちゃんも食欲ないんだね。ひょっとして恋の病？」

きみちゃんはほっといてくれとばかりに水をぴちゃぴちゃしている。

熊神は溜息をついた。「女の人って、何考えてるのかな」猫の気持ちよりも遙かにわからなかった。

君ヶ浜の出会いから三ヶ月も経っているのに、キミエの面影が薄れることはなかった。それどころか、写真の中で笑いかけるその顔は輝きを増している。会えなくても、写真を見るだけでやっぱり、一日の疲れが取れるのだ。恋というのは、不思議な力があるものだと熊神は思った。

一人わびしくスーパーで三割引きだったハムカツを頬張っていると、携帯が鳴った。洋一からのメールだった。

「熊ちゃん、嬉しいニュースだよ。七月十九日は、１０００系の協調運転あり。二十一日の海の日には犬吠駅でポルトガルフェスタが開催されるよ。熊ちゃんもよかったらおいで。犬吠の線路端の向日葵も少しずつ咲き始めたよ」

協調運転とは二両以上の電車を連結して、相互に協調しながら運転を行うことで、撮り鉄にとってはわくわくする一大イベントだ。黄色い電車と赤い電車の連結を思い浮かべて熊神は一人にっこりした。

それにしても、ポルトガルフェスタとは一体なんだろう？


犬吠駅には清々しい青空が広がっていた。タイル敷きの広場には軽快な音楽が流れてエキゾチックな香辛料の匂いが漂う。屋台で販売しているポルトガル料理らしい。これは思ったより本格的だと熊神は感心した。なんとなくきょろきょろしてしまう。一昨日も銚電を訪れて電車を撮って、君ヶ浜と外川をぶらぶらしていたが待ち人は来なかった。もう会えないのだろうか。

その時、人ごみの中に黒髪ショートカットの小さな後頭部がちらりと見えた。熊神ははげしく動揺した。横顔を確認する。間違いない、キミエさんだ！　心臓がばくばくいっている。見つけたのはいいが、どうすればいい？　キミエはあっという間に人ごみに姿を消した。何が何でも探さないと。

「よう、熊ちゃん！」

呼ばれて振り返ると佐崎だった。瓶ビールを片手にご機嫌そうだ。

「おいおい熊ちゃん、なんだか顔色が悪いぞ。ちゃんと食べてるのか」

「はい、いいえ、ええと」

熊神は考え込んでしまった。ご飯、そういえばどうしてただろう。キミエのことばかり考えていて、最後に何を食べたのか思い出せない。

「そうだ。今度、うちに来るといい。女房のやつ、息子が家を出たって言うのに、まるで考えないで飯作るもんだから困ってるんだ」

「ハ、ハイ」

「取るに足らない家庭料理ばかりだが、味は、まあ悪くないぞ」

足止めを食らうのが痛い。早くキミエを探さなくては。佐崎が高校生の吹奏楽バンドに気を取られている間に熊神は逃げるように立ち去った。

キミエは見つからなかった。ひょっとして人違いだったのだろうか。いいや、違う。自分がキミエを見間違えるはずがない。絶対に。

高校生の吹奏楽バンドが『イパネマの娘』を演奏し始めた。熊神はぼんやりとその演奏を聴いていた。丸顔のアルトサックスの女の子が一人、緊張した面持ちなのが見ている者をはらはらさせたが、演奏は無事終わった。

「続いて、ポルトガルバンド『コル・クレーラ』の皆さんにご登場いただきます」

司会者の紹介でステージに上った女性を見て、熊神は心臓が止まりそうになった。

「キミエさん……！」

初めて見た時はだぼだぼのトレーナーを着ていたのでわからなかったが、深紅のAラインのロングドレス姿になると、小柄ながらも女性らしいシルエットだった。熊神は今まで感じたことがないくらいに心臓が高鳴るのを感じていた。

リズミカルなギターが鳴り響いた。キミエは少し挑発的な笑みを浮かべ、歌い始めた。聞き慣れない言語はポルトガル語なのだろうか。なんて綺麗な声なんだろう。熊神は金縛りにあったように動けずにいた。気がつくとステージは終わっていた。知らずに涙が溢れていたことに気づいて、熊神は手の甲で拭った。

「ファドは、ポルトガルで生まれた民族歌謡。ファドとは運命、または宿命を意味します。ドラマティックでしょう」

司会者の言葉に、熊神は奇妙に興奮していた。香辛料の香りに包まれた犬吠駅は、今や未知の国、ポルトガルだった。ここで、出会えた。そうだ、これはきっと「運命」に違いない。

周囲を見渡すと、ステージから降りたキミエは派手なTシャツに細身のジーンズ姿で美味しそうにポルトガルビールを飲んでいた。なんとか話しかけようと思うが、なかなか勇気が出ない。自分から女性に話しかけるなどということは熊神にはとんでもなく高度な技術と度胸を必要とする行為だった。

やっぱり、無理だ。しおしおと諦めかけていたその時、着物姿の老人が大声でキミエを呼んだ。いつも必ず、銚子電鉄のどこかにいる電車翁だった。熊神も勿論、顔馴染みだ。

「ここにこんなに立派なカメラを持っている殿方がおりますよ。せっかくだから、撮ってもらうといい」

キミエがこちらを見て近づいてくる。

「こないだの熊ちゃんか」

熊神の心臓はぎゅっと縮こまり、ドキドキが止まらない。瞬きもせずに見つめる吊り目がちの真っ黒な瞳に吸いこまれそうになる。言葉がでない。キミエも黙っている。熊神は焦った。早く、何か言わなければ。彼女が行ってしまう前に。

「ファドって、運命って意味があるんですね」

キミエは露骨に不機嫌な顔になった。熊神は慌てた。マズイぞ、何か失礼なことを言っちゃったのだろうか？　必死に考えてみたがわからない。

「馬鹿じゃないの。運命なんて、あるわけないじゃない」

怒りを含んだ言い方だった。何と答えたらよいかわからずにうろたえていると、キミエは財布を取り出して乱暴に紙幣を突き出した。

「そうだ。これ、返すね」

お金を貸したことはすっかり忘れていた。受け取ったら、待ち続けた約束が果たされてしまう。もたついている熊神の丸っぽい手にキミエは強引に三千円を突っ込むと、

「じゃあ」と言って去って行った。一切の関与を許さない意志を放つ小さな背中を、熊神はなす術もなくぼんやりと見つめていた。

夢にまで見た再会は、あまりに無残だった。いくら考えてもその理由がわからない。

「熊ちゃん」

振り返ると洋一だった。目じりが下がった笑顔を見たらほっとした。

「あの人が好きなんだね」

「ハイ。でも僕」

もう、嫌われちゃったから、と言おうとして泣きそうになるのを堪えた。

「がんばれって。応援してるから」

優しい言葉に目が潤む。

「でも、む、無理です、僕なんか」

「お、いたいた。熊ちゃんどうした？　泣きそうな顔して」

佐崎が瓶ビールを片手に駆け寄ってきた。

「僕、洋一さんにいろいろ聞いてたんです。女の人が何考えてるかさっぱりわからなくて、どうしたらいいのかわからなくて」

「女心、ね……」

佐崎はなぜか神妙な顔をして唸った。

「大丈夫、大丈夫、僕だっていまだにわからないよ。今の奥さんのことも前の奥さんのことも」

「えっ、前の奥さん？」

洋一の言葉に、熊神と佐崎は同時に素っ頓狂な声を上げた。

「あれ、知らなかったですか？　僕、再婚なんですよ」

驚いた。洋一さん、意外とやるんだな。

「なんで別れたのよ」すかさず佐崎が聞いた。

「僕はこの通り、鉄道馬鹿のぽっぽやですから。女房が浮気してたのも気づかなかったんです。気づいた時には手遅れでした。彼女は一人娘を連れて出て行きました」

もうまるで気にしていないような笑顔だった。人は見かけによらずいろいろあるものなんだと熊神はしみじみ思った。

「俺、そろそろ帰るよ」

突然、佐崎が言った。なぜか浮かない顔をしている。さっきまで楽しそうにしていたのに、いったい何があったのだろう。気軽に尋ねられない雰囲気を察した熊神と洋一は無難な挨拶を返した。

壁に貼ったキミエの写真に手をかける。はがそうとしてやめた。やっぱりまだ心の中にいて欲しかった。

笑いが漏れた。この場所にはアン王女の写真が貼ってあったのを思い出したのだ。

ドレス姿のキミエを思い出す。そうだ、彼女もアン王女と同じなんだ。手が届かないものに手を伸ばそうとしていた自分が間違っていたんだ。

配送センターに行くと柄は悪いが人がいいおじさんたちがたくさんいる。

「よう、熊公！　どうした、時化た顔して。女んでも振られたが？」

「やめてくれよ、うちん熊ちゃんは純情なんだ」

仲邑がハエでも追い払うように手を振った。おじさんたちは一向構わずに若い熊神にちょっかいを出す。

「今流行《はやり》の草食系ってやつだべな」

「いづまでもそんじゃあよくないべ。女ぁ紹介してやっか」

熊神は曖昧な笑顔でにこにこする。

「余計なことしなぐていい。熊ちゃんはこんままでいいんだ」

そう言ってくれる仲邑の言葉を、これまでありがたいと思っていた。自分を肯定されているようで嬉しかった。が、最近は、正直少し迷惑だと思っている。これも、恋をしたからだろうか。

「そうだ、今日また煮物作っから持っていぐよ」

「でも、いつももらってばかりじゃ悪いです」

「あに言ってったよう。熊ちゃんと俺っちの仲じゃねえか」

仲邑は小柄な体を震わせ豪快に笑った。

「熊ちゃんの身の上聞いて、ジンと来たぁだよ。おんらぁおんなじはづれ者さ。仲良ぐやっていこうや」

その言葉も、なぜか重かった。

仲邑には、人にしないような身の上話も打ち明けていた。いつだか飲みに誘われた時に、仲邑が半泣きで両親に恵まれなかった不幸な生い立ちを語ったので、なんとなく黙っているのは悪いと思ったのだ。母親は二度、自分を捨てた。二度ともつまらない男が原因だ。戻ってきた時は「悪かったわ。もう絶対に離れないから」と泣いて謝ってきたが三度目に家を出て以来十年会っていない。母親と会うことはもうないだろう。


「参ったぁ。だましだましやってたぁだけっど、遂んやっちまったよ」

その夜、家を訪ねてきた仲邑は重心を右足にかけているせいで斜めに傾いていた。情けない顔で腰をさすっている。重い荷物を無理して運んだせいだった。

「悪いんだけっどさ、俺ん代わりに配送をお願いできないが？」

無理してまで作ってきてくれた温かい惣菜を前に、断れるはずはなかった。

「わかりました」

「場所が東京なんだよ。遠くはもう行かねえって、一回は断ったんだけっど、お得意先の外川の魚問屋でね。家出した娘さんが戻ってくんそうだ。散々悪態ついてんのを聞いてたけっど、やっぱし一人娘は可愛いんだねえ」

仲邑がしみじみと言った。

「大丈夫です。僕、ひとりで行けます」

「あ、そうそう。引っ越しん荷物んついでに、娘さんも一緒ん外川まで乗っけてってくれ。頼むね」

熊神はどきりとした。女の人と長時間二人で車に乗るなんて。嬉しいと言うよりは、空恐ろしかった。

軽トラックに乗り込む。熊神はカーナビを設定した。都内までの長距離運転は初めてなので少し緊張していた。

目的地は高級そうな住宅街の中の小綺麗な高層マンションだった。荷物、多くないといいけど。女の人は、一人暮らしだからそんなに荷物は多くないといいながら、オーバーする場合が多い。

マンションの最上階の一室のチャイムを鳴らす。ドアが開いた瞬間、熊神は息が止まりそうになった。

出てきたのはキミエだった。泣きはらしたような目をしている。化粧気のない青白い顔はステージで見た時よりもずっと幼く見えた。

「……ストーカー熊」

「ち、違います！　あ、あの、今日はお引越しのお仕事で来たんです」

熊神はあたふたして言った。

「冗談よ。まさかあんたが来るとはね」

キミエは素っ気無く言って、熊神を部屋に招き入れた。まさか彼女の部屋に入るなんて。熊神の口は緊張で渇いていた。広々した作りの１ＬＤＫの部屋にはぎっしり本が詰まった大きな書棚と黒い革張りのソファがある。これから引越しをしようとする部屋ではなかった。それに、一人ではとてもじゃないが無理だ。

「運んでもらうのはあれだから」

察したようにキミエが指差した先には段ボール箱が七つ、積み上げられていた。

「え？　あれだけですか」

熊神は拍子抜けした。

「いいから、早くして。あの人が帰って来る前に出たいの」

あの人。初めて会った日にキミエが着ていたグレーの男物のトレーナー。あれは、「あの人」の物だったのだと今頃になって気づく。胸がずきずきした。なんだろうこの痛みは。キミエとこの部屋に一緒にいた男に、もしかして自分は嫉妬しているのだろうか。熊神は振り払うように段ボールを運んだ。一刻も早く荷物を運んで、キミエをこの部屋から連れ去ってしまいたかった。

キミエはずっと天井を見ていた。熊神がこれまでにない速さですべての荷物を運び終えても、がらんとした部屋にたたずみ、ぼーっとしている。

「あ、あの。終わりました」

見上げるキミエの目は虚ろなままだった。まるで天井というスクリーンに、楽しかった過去の日々が映し出されているかのように、微かに笑みを浮かべている。そばで見ているのはつらかった。熊神はじっと黙ったまま突っ立っていた。彼女が決めたであろう決別を静かに見届けてあげよう。どのくらいの時間が経っただろう。ようやくキミエが立ち上がった。

軽トラックの助手席のキミエはずっと無言のままだった。

沈黙には慣れていたはずだった。熊神はもともと饒舌ではない。唯一能弁に語れるのは、電車が大好きなカメラ仲間や洋一ら銚電の社員くらいだ。が、軽トラックの隣に座っている一言も言葉を発しないキミエの存在はあまりにも強烈で、頭のてっぺんから足の爪先、全身の毛孔までぴりぴり刺激する。場を和ませるような冗談どころか話のきっかけすら作ることができない野暮な自分が恨めしかった。いたたまれずにカーラジオをつけると、キミエが初めて口を開いた。

「コンビニ」

「は、はい！」

まるで従順な下僕のように、熊神は信号待ちの間にナビで探したコンビニで彼女に言われるまま買い出しに走った。

熊神が横目でちらっと見ると、キミエはロング缶のチューハイのプルタブを開けた。キミエはそれきり黙っていた。普段車線変更がろくにない道ばかり走っているせいで、カーナビを使っても慣れない首都高速は神経を使う。ましてや大切な人を隣に乗せているのだ。疲れもじわじわと湧き出してきたところで、熊神は幕張パーキングエリアに入った。このパーキングは広くて、フードコートも充実している。

「お腹、空いてませんか？」

ようやく自分から言葉を掛けるがキミエは小さく首を振るだけだった。酔っているのか、目が少し充血して、とろんとしている。

「すみません。ちょっと、待っててください」

密かにずっと我慢していたトイレを済ませ、タリーズで珈琲を二つ買う。

戻るとキミエはドアにもたれかかってぐっすりと眠っていた。眼の下に薄らとした陰りがある。碌に寝ていなかったのだろう。熊神はできる限り音を立てずにドアを閉め、カーラジオを消した。

眼を閉じていたキミエが、ふふっと声を立てて笑った。楽しい夢を見ているらしかった。幸せそうに笑う、その白い柔かそうな頬に思わず触れたくなる。丸っこい指を伸ばしかけて、熊神は慌てて引っ込めた。生身の女の人が急に怖くなってくる。キミエが薄く目を開いたので熊神は慌ててハンドルに向き直った。

「あ、寝ちゃってたんだ」

呟いて、ここがどこだかわからないといった風にきょろきょろしている。可愛らしかった。

「こんなにいっぱい寝たの、ひさしぶり」

キミエは寝ぼけた顔で弱々しく微笑んだ。胸が痛くなるような笑顔だった。この人は、どうしてこんなに強そうだったり弱そうだったりするのだろう。やっぱり、気まぐれな猫よりもわからない。だけど、どうしようもなく気になる。

キミエは再び眠りに落ちた。カーラジオは消したまま、熊神はその微かな寝息に耳を澄ませていた。下りの京葉道路がどんなに渋滞でも、東金道路に入れば道はもうガラガラだ。熊神は左車線を法定速度を守りながら慎重に走りつづけた。さっきからずっと、ひとつの言葉が頭の中を巡っている。

「これが最後のチャンスかもしれない」

今まで色々なことを諦めて来たのは、諦めたくないと思うようなことがなかったからだということに気づく。無謀で、可能性のない「恋」だということはわかっている。でも、やっぱり、どうしても諦めたくない。

外川に着いた頃には、深夜を回っていた。家の電気は消えていて真っ暗だ。指定されていた通り、開いている車庫に段ボールを積み上げる。

「あ、あの、着きました。起きてください」

「ん」

キミエは真っ暗な車窓の外を見た。ルームランプに照らされた眼は暗かった。

降りようとするところに声を掛けた。

「キミエさん」

「なに」

眠そうな目でキミエが答えた。熊神はごくりと唾を飲んだ。運転をしながら、頭の中で何十回も繰り返した言葉をようやく口に出す。

「あ、あの、よかったら、また、会ってもらえませんか」

必死な熊神を見てキミエは、挑発的な笑みを浮かべた。

仲邑の家の車庫にトラックを返してアパートに着いた頃には、深夜三時を回っていた。煎餅布団に体ごと飛び込む。甘い充足感が四肢まで行き渡る。熊神は別れ際のキミエを思い出して、身体をぎゅっと抱え込むように丸まった。

これまでの人生で、女の人に振り回されたことなんて一度もないのにもかかわらず、どこかで経験したような気がする。この感覚はなんだろう。

「寒くないですか?」「お腹空いてませんか?」と、ご機嫌をうかがうような気の使い方を確かいつか、どこかでした。必死に思いめぐらしていたら、小学校の頃に近所を優雅にうろついていたノラ猫を思い出した。

その猫は、猫さんとか、クロとか、みぃとかタマとか、必死に呼びかける熊神の声が確かに聞こえているのに、平然と気づかない素振りをした。そのくせにあきらめて立ち去ろうとすると、にゃあ、と媚びるでもない素っ気なさで一声鳴いた。喜んで近寄って撫でてやろうとすると忍者みたいな身軽でさっとよけて、また離れたところで澄ましていた。

「来週の土曜に犬吠埼の灯台においで」

外川の自宅の前で、キミエは子供に言い聞かせるみたいにそう言って、大きなあくびを掌で押さえつけた。そして振り向きもせずに古めかしい漁師の家に消えて行った。

どうして自分にあんな大胆なことが言えたのか、熊神自身が驚いていた。

熊神は仲邑に頼み込んで約束の日の仕事を休ませてもらった。

待ち遠しくてたまらなかった土曜日は秋晴れだった。きらきら光る君ヶ浜沿いをベスパで軽快に走り抜ける。

待ち合わせ時間の三十分以上前にスタンバイして四十五分経った。来ないのかもしれないという不安の後に、途中で事故にでもあったのかもしれないという心配で胸が潰れそうになっていたところに、キミエは平然と現れた。

「風、強いね」

風で乱れるショートヘアを不機嫌にかきあげたキミエは遅れたことなどまったく気にしていない様子だった。ふわっとした袖の淡いブルーの膝丈ワンピースにヒールの高い白いサンダルがあまりにも可愛かったので、熊神は待たされてやきもきしていたことを一瞬で忘れた。

キミエが指差した白亜の灯台は守り神のようにどっしりと構えている。

「登ろうよ」

犬吠埼灯台の幅八十六センチと狭い螺旋階段の数は九十九里浜にちなんで九十九段あり、丁寧に一段一段、数が記してある。小柄なキミエは、日ごろ運送業で慣れている熊神をそっちのけで身軽に九十九段の階段を駆けのぼっていく。

ゴールで待ち構えていたのは強風だった。風はキミエのスカートを大きくひるがえし熊神の胸を波立たせた。

「高校卒業して以来かな。実家に帰ったの。今だったらちょっとはうまくやれるかなと思ったんだけど。でも全然だめ」

キミエが口を開いた。

「あの人たちも変わってないし、あたしも変わってない」

熊神は黙っていた。どう答えたらいいのかまるでわからない。

キミエは両手で手すりを掴んで身を反らした。

「熊ちゃんは、おりこうさんだからお母さんと仲好さそうだよね」

「いないです」

咄嗟にそう答えて少し焦った。

「え？」

「え、ええとですね。僕、親はいません」

「そっか」

思わず嘘をついたことが心苦しかったが、キミエは素っ気なくそう返したきりそれ以上尋ねてこなかったのでホッとした。

「霧笛って知ってる？」

「ムテキ？　最強ってことですか？」

キミエは馬鹿にしたようにふん、と笑った。

「違うよ。霧に笛って書いて霧笛」

「僕、はじめて聞きました」

「航海している船が霧で視界が悪いときに、他の船との衝突を回避するために鳴らす汽笛のことを言うの。ここの霧笛は、信号所の方位を知らせるために鳴ってたんだ。もう廃止になっちゃったけどね」

「どんな音がするんですか」

「捨てられた犬が悲しげに遠吠えするみたいな音」

なんて返していいかわからなかった。もともと女の人と話すのは得意ではないが、なんとなくだけどキミエはそういう問題以前のような気もする。

灯台をぐるり回って北西側で立ち止まる。十九号踏み切りのお立ち台が見える。

「あ、あの。ちょっといいですか？」

「なに？」

「そろそろ、電車が来る時刻なんです」

熊神はリュックから望遠レンズを取り出して付け替えた。お立ち台スポットを逆から撮るのだ。まるで獲物を捉えられるように真剣な熊神の横顔をキミエは興味深そうに見つめていた。

「そんなに電車ばっかり撮ってて飽きないの？」

カメラを下ろした熊神にキミエが不思議そうに尋ねた。飽きるなんて、まるで考えたこともなかった。

「電車にも表情があります。春の黄昏、夏の強い日差し、秋の木漏れ日、冬の西日……四季折々の光や空気が、同じ電車を違う顔にしてくれるんです」

「へえ、なんかカッコいいじゃん。プロとか目指してるわけ？」

「い、いえ僕なんか高校の写真部でかじってたくらいですから、とてもプロなんか無理ですよ」

「ふぅん、なりたくないんだ？」

油断すると不意打ちを食らう。キミエは、細く尖った爪を立て、糸よりも細い引っ掻き傷を作る。熊神はそっと心臓の辺りを押さえた。まだどきどきしている。

「それは、写真で、食べていけたらいいなとは思いますけど。夢とか、見ても仕方ないですから」

「結構、現実的なんだね」

つまらなさそうにキミエは言って、弄んでいたおもちゃに飽きたように、熊神のカメラから目を逸らした。

「ちょっと見て。あの人、なんかやばくない」

キミエの言葉に熊神が見下ろすと岩肌に誰か立っている。望遠レンズで覗くと、それはやつれた様子の佐崎だった。突然姿を見せなくなったと洋一が心配していたのを思い出す。

「あの人、知り合いです！　ごめんなさい、行かなくちゃ！」

キミエに言って熊神は慌てて灯台の階段を駆け降りた。後ろ髪をひかれる思いで灯台を見上げると、キミエが手を振っていた。熊神は両手を振り上げて、「待っていてください」と、願いを込めて大きく振り返した。

岩場に降りると、見知らぬリーゼントの男が海からずぶ濡れの佐崎を引き上げているところだった。熊神は驚いて叫んでいた。

「佐崎さんっ！」

「重いんだ、手伝って！」

リーゼントの男の怒鳴り声で、熊神は慌てて近寄って手を貸した。佐崎はぐったりしているが息はあるようだ。男が言った。

「君、この人の知り合いなの？」

「ハ、ハイ」

「自殺を図ったみたいだね。止めたんだけど、ぎりぎり間に合わなくて」

「きゅ、救急車、呼びますか」

声が震えた。自殺なんて、一体何があったんだろう。

「疲労もあって気を失っているんだと思う。何か深い事情がありそうだ。幸い大したことはないようだし、私の経営するホテルに連れて行って休ませよう。手伝ってくれ」

熊神は同意して男と一緒に佐崎を車に運んだ。キミエのことが気になったが、椎名と名乗る男のホテルはすぐ近くだと言うし、無精ひげを生やして憔悴した様子の佐崎を見ていると、ここで見捨てるわけにはいかなかった。

「50'Sドリーム」の看板を見た熊神はぎょっとした。ラブホテルだったからだ。そんな場所に入るのは初めてだった。既に大いびきをかいている佐崎を運び込みながら、熊神は目的も忘れてドキドキしながら辺りを見渡した。椎名に促され、ダブルベッドの据え置かれた毒々しい色の部屋に入る。佐崎の濡れた服を脱がせバスローブを着せた。何やら恥ずかしくなってしまう。佐崎のポケットから携帯が落ちた。

「携帯、無事みたいだね。とりあえず、家族に連絡しよう」

椎名に言われて携帯の履歴を見ると、「妻」とあった。熊神は発信ボタンを押したがすぐに保留になる。何をやっているのだろう。キミエさんが待ってる。早く戻らないといけないのに。六度目の発信でようやく出た佐崎の妻の声は暗かった。佐崎が海に落ちたことを告げると、電話口の声は聞こえなくなった。

椎名が佐崎の妻をホテルまで連れてきた。挨拶もそこそこに、「好きなことをやっていらっしゃるのは結構なことですね」と告げる彼女は、どこか芝居がかっていて、冷めた印象だった。

佐崎が意識を取り戻したのを確認できたので、熊神は慌ててホテルを出た。九十九段を再び駆け上る。気持ちばかりが急くので数える。五十一、五十二、五十三……上るほどに不安が募る。もしも待っていてくれなかったら、もう二度と会えないかもしれないという不吉な予感を抑える。

九十七、九十八……ようやく登りきったところで風が出迎えて額から流れる汗を震わせた。確かめるようにゆっくりと灯台を回る。いない。一周、二周、三周……だが、キミエはいなかった。

「うわあああああああああ」

熊神は思わず雄叫びを上げた。近くにいた老夫婦が驚いてこちらを見たほど、大きな声だった。

当たり前だ。デート中にいきなりいなくなって一時間以上も待たせるなんて、当然彼女は許すはずがない。なんでこんなことに……一生分の勇気を振り絞って誘ったのに。熊神はぼんやりと立ち尽くしていた。

その時、後ろから小さな手が熊神の目を覆った。

「だーれだ」恐る恐る振り返るとキミエだった。

「後ろからぐるぐるつけてくの、面白かった」

キミエは笑った。

「ほら、熊さん。忘れもの」

キミエは熊神のリュックについていたデキ3のマスコットを掲げた。

「森の熊さん逆バージョン」

安堵のあまり熊神はへたへたとへたり込んだ。


「しかしネエちゃん、いい飲みっぷりだねえ！」

犬吠の料理屋は賑わっていた。キミエの飲みっぷりは確かに豪快で、店の大将はご機嫌だ。

熊神はカウンターの端っこで小さくなっているが隣のキミエは目立つ。酒が飲めない熊神は気遅れしていた。キミエはカウンターの中の大将とばかり話している。ロクな会話ができない自分が情けないが、キミエが美味しそうに食べたり飲んだりする姿を見ているのは幸せだった。刺身盛り合わせの注文が入り大将は包丁を握る。キミエは前を向いたままジョッキを煽った。

「出会ったのは、あたしが歌ってるバー。あの人は客だった。一目で気に入ってついて行ったわ。転がり込んだ時から、生活感がないと思ってたけど」

熊神は曖昧に微笑みながら、黙って下を向いて聞いていた。

「生活の拠点が他にあったってわけ。奥さんと子供がいる温かい家庭が」

つまり、「あの人」には家庭があって、キミエは騙されていたらしかった。

「……大変、でしたね」

熊神の言葉に、キミエは苦しげにふっと顔を歪める。ああ、頼むからそんな顔しないでください。こんなに近くにいるのに彼女を笑わせてあげられないのが苦しい。

「知ったのは、熊ちゃんに初めて会った日よ。腹が立って着の身着のままで飛び出したの。どうすればよかったって言うの？　妻は捨てられないけど、僕にとって、運命の女は君だけだ、ってあの人、言ったの。生殺しもいいとこ」

初めて会った日のことが頭を過る。それから、荷物をまとめて本格的に飛び出してきたはいいが、キミエは今も未練たらたらのようだった。熊神は、それでもにこにこしながら黙って聞いていた。本当は聞きたくなかったけれど、それでも聞いた。気分を害した顔なんかして、嫌われたくはなかった。

「熊ちゃんて、優しいね」

キミエが言った。熊神は泣きたくなっていた。

気づくと店内の客はまばらになっていた。閉店らしい。大将が、「ほら、サービスだよ」と熱いアラ汁を差し出した。熊神は礼を言ってさっそくすすった。美味かった。魚の骨の髄から滲んだ旨味が腸に染みわたる。無理やり聞いて腹にため込んでいた暗い澱みを中和してくれるようだった。キミエはまだ口をつけずに椀の前でふうふうしている。

「美味しいですよ」

「猫舌なの」

不機嫌な顔をしてそっぽを向く。あ、やっぱり黒猫みたいだ。いつだったかお湯をそそぐタイプのキャットフードを買った時、喜ぶと思ってアツアツを持っていったら、憮然としていたあの時の猫と同じ顔だ。

「キミエさん、猫に似てるって、言われたことありませんか」

「あたし、猫だもん」

キミエが挑発的に笑った。どうしてもどきりとする笑顔だ。

「泥棒猫って言われた。あたしだってあの人を愛してたのに」

ぎゅっと、心臓に鋭利な爪が食い込む。

「あの人はあたしの頭を撫でてくれた。顎の下を撫でてくれた。あたしは猫みたいにごろごろ鳴いた」

見えない血が滲んでくる。キミエさんは、こうやって僕の心を引っ掻く。

「あの人はあたしを愛してるって言った。あの人は君が運命の人だって言ってくれた」

細いひっかき傷は心臓をがんじがらめにする。そんな熊神の心をよそに、キミエは突然立ち上がると、歌いだした。

ちあきなおみが歌った日本語のファド、『始発……まで』だ。なりふり構わずに惚れた男には、決まった相手がいた。女は自らを道化役者だと自虐的に嗤《わら》い、ねえみんな、おごるから陽気に騒いで、しんみりしないで、と酒場で請う。そんなに酔ってはいない、泣くのも疲れてしまったわ……キミエの歌に、薄らと鳥肌が立った。

熊神には、この歌が今の彼女の心境としか思えなかった。キミエが歌うファドは、彼女の人生そのもののように思えた。だから、こんなに心が震えるのだ。

歌いながら、キミエは熊神を見た。

ねえ、もう少しいさせて、始発まで。

息ができないくらい苦しくなる。

恐ろしくよく通る声に居酒屋は一瞬静まり返った。カウンターの大将も目を丸くしている。そして喝采が溢れた。

「いいぞぉ！　ネエちゃん。もっとやってくれ！」

その野次にキミエは艶っぽく笑った。ヒューヒューと口笛が飛び交う。

しっとりと『霧笛』を歌い上げる。

キミエの歌声に、酒飲みの男たちは静まり返って聞き惚れた。

「毒でも盛ってやろうかな」

歌い終えたキミエがそっと熊神の耳元で囁いた。

霧笛じゃない。泣いているのはキミエさんだ。傷ついているのは僕じゃないのかもしれない。歌声にオーバーラップして、猫の遠吠えが聞こえた気がした。

居酒屋を出て呼んでいたタクシーに酔ってふにゃふにゃのキミエを乗せる際も、熊神はなるべくその体に触れないように腐心した。

「外川の網中水産までお願いします」

そう言った途端、キミエが車内に熊神を引っ張り込んだ。思いがけないその力に戸惑いながら、抵抗などできるはずもない。

「お客さん、いいですか」

タクシーは走り出した。キミエは熊神の肩にもたれかかっている。体が石になってしまったように身動きできない。アルコールに混じった甘い匂いが襲い掛かってきて呼吸もできないくらい苦しい。駅に置きっぱなしの愛車が少しばかり心配だった。

「あ、ここで降ろしてください！」

ものの五分も走らないうちに突然キミエが勢いよく言った。

ワンメーターが不機嫌そうな運転手に熊神が代金を払ってタクシーを降りると、けばけばしいネオンが目に飛び込んできた。

……ここは、まさか。

「50'Sドリーム」だった。

「妻と喧嘩しちゃいましてね。家出してずっとここにいるんですよ」

そう言ったホテルの支配人、椎名の顔が思い浮かぶ。まずい、ここだけは。

「今日はうちに帰りたくないの」

自分を見るキミエの上目使いが艶めかしい。とてもこれが現実とは思えなかった。

想像も妄想も遥かに超えていた。

「ね、熊ちゃん」

寄せられたキミエの唇に体中の血が沸騰しそうだった。が、熊神は必死で自分を諌めた。支配人が知り合いだから、理由はそれだけだろうか。無論男として欲望が無いわけではないし、キミエさんとはもっと一緒にいたい。だけど、これはやっぱり、何かが違う。何が違うのかはわからないけれど……。

熊神は固まったまま動かずに突っ立っていた。キミエは熊神を睨むと、大仰にため息をついた。

「やっぱつまんない男」

熊神は、それでも動けなかった。

「勘違いしないでよね。別に、誰でもよかったんだから」

犬吠駅に向かって歩き始めたキミエの歩は小柄ながら敏速で、渾身の怒りを込めたその小さな後ろ姿に熊神は声をかけることもできない。おろおろしながら後ろからついて行く。どうすればよかったのかいくら考えてもわからなかった。

犬吠駅に着いたところでカンカンカンと踏切が鳴った。下りの最終列車だ。キミエは振り返りもせずにホームに消えた。熊神がアーチ型の窓から覗きこむと、乗り込んだキミエの怒りを封じ込めるように電車のドアが閉まるのが見えた。

熊神はとぼとぼと歩きだす。今度こそ完全に嫌われたと思った。夕闇の中で自分を待っているベスパが愛おしかった。この時間には死んだように静かな銚子の夜を、熊神は泣きながらひとり走り抜けた。


胸の中に得体のしれない何かが芽生えている。熱くて重苦しい。その種を蒔いたのはキミエだ。一人でいることが好きなはずだったのに、夜になるとなぜか無性に寂しかった。人を好きなるということは、こんなにもつらく寂しい夜を過ごすということなのだろうか。

いくつもの夜が過ぎた。

ある時、洋一がキミエが出演しているというライブハウスの場所を教えてくれた。散々迷ったあげく、熊神はその情報を頼りに、総武線に乗って知らない駅に降り立った。目の前には古き良き商店街が広がっていた。

散々迷ってやっと見つけたその店は、何度も通り過ぎていた古びた灰色のビルの地下にあった。一階に出してある『ｎａｍｏｒａｄｏ』と手書きで書かれた小さな縦看板を見過ごしていたのだ。その店はその手書きの看板一つ出したきりという不案内さで、地下に続く階段は薄暗く、入るのを躊躇させるに十分だった。

熊神は意を決して恐る恐る階段を下って扉を開けた。小さなライブハウスだった。ステージにはグランドピアノがあり、その椅子には渋い色のシャツを着て帽子をかぶった男が座っている。

席に着いたところで、丸っぽいポルトガルギターを持った男が現れ、ついでドレス姿のキミエがステージの中央に立った。黒いドレスにゴージャスなイヤリングがきらきらと揺れている。

熊神は居心地の悪さを一瞬で忘れ、ただ見とれていた。かぶり慣れないキャップを深くかぶり直す。勇気を振り絞って来てみたのはいいが、嫌われたことを思いだすと、ここに来ていることを知られるのが怖かった。

ギターが鳴り響く。キミエは軽くうつむいて、深く息を吸いこんだ。

一曲目は『かもめ』だ。哀愁あふれるギターに乗せられたキミエの伸びやかな声は、初めて聞いた時の様に熊神の涙腺を刺激した。ファドの女王として知られるアマリア・ロドリゲスを熊神はポルトガルフェスタ以来ずっと聞き続けている。

『霧笛』と言う曲は、ちあきなおみという歌手がアマリア・ロドリゲスのカバーアルバムで歌っている曲だと知った。原曲は『難船』というタイトルだ。ちあきなおみは、別れを決めてなお後ろ髪引かれてやまない愛する男に毒を盛るという、恐ろしくも悲しい女の情念として歌い上げた。

『霧笛』を歌い終えたキミエが客席の熊神を真っ直ぐに見据えた。

熊神は息が止まりそうになった。キミエは熊神に挑発的な笑顔を向けた。久しぶりに見た、その笑顔は片時も忘れることのなかった心の中のキミエそのものだった。

ステージが終わるとキミエは客席に姿を現した。胸をときめかす熊神をよそに常連らしい年配の男とグラスを片手に談笑している。

マティーニのカクテルグラスを手にした四十絡みのスーツを来た男が、気障な仕草でキミエに折りたたんだ小さな紙を渡すのが目に入った。キミエは微笑んでその紙を受け取った。自分は一体、ここで何をしているのだろう？　彼女に爪を立てられても引っ掻かれても手を伸ばしてしまう。やっぱり自分はバカだと熊神は思った。

気づくと傍らにキミエが立っていた。猫のように、気配も立てずに。

「あの人社長なんだって。誘われちゃった、ホテルのラウンジ。止めないの？」

キミエは少し酔っているようだった。

「止めてみなさいよ。あたしのこと、好きなんでしょう？」

熊神は黙っていた。キミエが熊神の頭を撫でた。

「わかったでしょう。世界が違うのよ」

「僕、わからないんです」

「何がよ」

「どうしてキミエさんは、自分で自分のこと傷つけるのか」

キミエの真っ黒な瞳の中に小さく火が燃えたように見えた。

「あんたに何がわかるっていうの」

キミエが大きな声を上げたので辺りの客が一斉にこちらを見た。

わからなかった。だから訊いたのだ。熊神は黙りこんだ。マティーニの男が歩いてきてすれ違いざまに言った。

「残念だな。ここの歌手は簡単に落とせるって噂だったんだけど、こんなダサい男まで相手にしてるなんてね」

男が笑った。キミエの顔色が変わった。男に踏み出しかけたキミエを制して熊神はその男に掴みかかっていた。丸い目がぎらぎら光っている。

「なんだ、こいつ」

男に殴り飛ばされ、熊神はテーブルにぶつかりひっくり返した。がしゃんと繊細な硝子が割れる音と共に客席から小さな悲鳴が湧いた。

その声でマスターらしき男が飛んできた。マティーニを嗜む高級なスーツを着た自称社長と、着古したシャツにジーンズでコーラを飲む熊神を前に、双方の言い分など不要だった。

「お客様、お帰り下さい」

興奮気味にわめくキミエを制して、マスターが熊神に向かって静かに言った。

よろけながら地下室から這い出ると外は雨だった。殴られた頬がじんじんする。吐き出した唾に血が混じっている。最低な気分だった。キミエが追って来た。

「ごめん」

「大丈夫です、このくらい」

キミエの顔が歪んだ。

「馬鹿な女だってことくらい、わかってる。でも寂しいの」

やっぱりわからなかった。どうして、寂しさに耐えることができないのだろう。どうして自分を傷つけるのだろう。彼女は小さな肩を震わせて、濡れた小さな子猫みたいに泣いていた。今すぐ拾って、誰か抱きしめてって叫んでいるみたいに、痛々しくなるほど全身を震わせて泣いていた。

キミエに向かって伸ばしかけた手を、熊神は反射的に引っ込めていた。いつか確かにこんな夜があった。

封じ込めていた遠い記憶が蘇る。降りしきる雨の中、濡れながら泣いていたのは、母親だ。裸足で追いかけてすがりついた彼女を男は無慈悲に振り捨て、タクシーに乗り込んだ。熊神は母親に駆け寄った。放っておいて！　とヒステリックに叫んで、母親は熊神を水たまりに突き飛ばした。

雨はさらに激しくなった。熊神はキミエを見据えたまま、かたかたと小さく震えていた。キミエは悲痛に泣き続けている。抱きしめてと全身で泣いている。抱きしめてあげたい気持ちとは裏腹に、どうしても彼女に触れることができなかった。やがて、キミエは熊神から目を背けたまま、ふらふらとその場を立ち去った。

その晩、自分を罰するように雨に当たり続けていたのがよくなかったのか、熊神は高熱を出した。熱は三日三晩続いた。雨の日の夜の出来事は悪夢のように記憶に刻み込まれ、また実際に悪夢となって熊神を苦しめた。夢の中では雨に打たれている女はキミエだったり母親だったりした。熊神は近寄ることが出来ずに何度も絶望しては、うなされた。

どうして自分は、キミエの中になんでも投影してしまうのだろう。女の人をよく知らないからなのか。それとも、やっぱりキミエは特別なのだろうか。

仲邑の配慮もあったが、仕事に復帰するには更に二日を要した。

身体を動かす仕事はいいと思った。夢中で荷物を運んでいる瞬間は苦しいことを忘れていられるから。じっとしていたら、気が狂ってしまいそうになったかもしれない。

悔んでも悔やみきれなかった。大好きな人が苦しんでいるのを目の前にして、何もしてあげることができなかった自分は、無力だ。

仕事に復帰した昼休みに、配送センターで顔馴染みの君塚に声を掛けられた。彼はきょろきょろと辺りを見渡して言った。

「仲邑さんには、絶対に黙っててくれって言われてたんだけどさ」

「なんですか」

「実は、熊ちゃんに女の人が訪ねてきたんだよ。髪が短くて目がぱっちりした、えらい別嬪さんだったよ」

キミエに違いなかった。あんなことがあったのに、自分を訪ねてきてくれたなんて信じられなかった。

「そ、それで、その女の人、なんて言ってましたか」

熊神の勢いに君塚は、決まり悪そうにうつむいた。

「それが、仲邑さんが、熊ちゃんをたぶらかすのは止めてくれって言うもんだから」

「えっ！」

「俺が言ったって、絶対に言わないでくれよ」

「女の人、怒ってましたか」

「いんや。わかりました、すみませんでした。って、そりゃあ丁寧に頭下げて帰ってったよ。後ろ姿が寂しそうだったなあ」

熊神の脳裏にはジーンズをはいたキミエの小さな後ろ姿がありありと浮かんだ。今直ぐその後を追いかけていきたかった。

仲邑はトラックの横で煙草をふかしていた。熊神は怒りを鎮めようとしたが声は怒りに震えた。

「な、なんでキミエさんを追い返したんですか！」

その勢いにまるで怯む様子もなく仲邑は言った。

「熊ちゃん、あの女は絶対んダメだ。お前さんをいいようにしてぽいと捨てるんだ。俺にゃあわかる」

「キミエさんは、そんな人じゃないです！」

仲邑は眉間に皺を寄せてため息をついた。

「いいか、俺はな、熊ちゃんのこと心配して言ってるんだ。今までずっと親代わりをやってきたんだって熊ちゃんを思っていたかんだ。そうだろ、な」

仲邑が肩に置いた手は熱っぽかった。熊神はその手を振り払った。仲邑の顔がひきつる。

「熊ちゃん！　俺が悪がった！　謝っから許してくれ！」

その声を振り払うように熊神は走り出した。キミエを傷つけたに違いなかった。強がっていても、誰よりも繊細な人なんだ。今直ぐに会いたかった。会って仲邑の無礼を詫びたかった。許しを請いたかった。彼女がいつもの、挑発的な笑顔を向けてくれるまで、土下座し続けたっていい。

ベスパで銚子駅に向かう。ホームにいた総武線千葉行の電車に飛び乗る。千葉までは一時間四十七分かかるから、着くころにはちょうどステージが始まる時間だろう。『ｎａｍｏｒａｄｏ』についた熊神は、なるべく端の席についてウーロン茶をオーダーした。逸る気持ちでステージを見つめ続ける。ポルトガルギターの男が現れて奏でだした。

熊神は瞬きもせずにステージを凝視した。しかしステージの中央に立ったのは恰幅のいい中年の女性歌手だった。アマリア・ロドリゲスを歌う。ハスキーな低音がよく響くが、キミエのような伸びやかな躍動感はない。

　悪い予感がする。祈るような気持ちでステージを見続けたが、キミエはついに現れなかった。

　終演後、熊神はグラスを磨いているマスターに駆け寄った。

「あ、あのキミエさんは」

　マスターは眉をひそめた。熊神が騒動を起こした男だと思い出したようだ。

「彼女なら、辞めたよ」

「えっ」

「運命を信じない女にファドは歌えないってさ。あの子らしい」

「そ、それで今、どこにいるんですか」

「さあね。そこまではわからないな」

　がっくりと肩を落としている熊神に、マスターは同情的な目を向けた。

「キミエなら、もっといいところでだって歌える。それだけのものを持っているのに、自分をコントロールできない。もったいないが、それがあの子の弱さだ」

　マスターにぺこりと頭を下げると熊神は店を去った。

まだチャンスはある。自宅なら知っているのだ。外川に行けば会えるかもしれない。
「わかったでしょう。世界が違うのよ」
キミエの言葉が頭を過った。運命を諦めファドを捨てたキミエに、情けない無力な自分が何をできるというのだろう。今度こそ、熊神の両足は行き場を失っていた。

仲邑とはあれきり会っていなかった。何度かアパートを訪ねてきたが熊神は息を潜めて居留守を使った。心苦しかったが、もう元の関係には戻れない。配送の仕事を手伝うのも辞めた。今は日雇いの土木作業をしている。

撮り鉄達で賑わうスポットを早々に切り上げ、久々に君ヶ浜駅を訪れた。相変わらず、がらんとしていた。きみちゃんを撫でていると電車が駅に到着した。黄色い銀座線カラーの電車からは、小学生の女の子に交じって馴染みの翁が降りてきた。電車翁はまっすぐに熊神の方に歩いてきた。まるでここに熊神がいるのを知っていたかのように。

「ずっと気になっていたのです。先日は、老人のおせっかいで余計なことをしました。かたじけない」

翁はそういうと熊神に深々と頭を下げた。ポルトガルフェスタでの顛末をすっかり見られていたようだ。

「い、いいえ。いいんです、もう」

「元気がないようですね」

何と答えたらよいかわからずに黙っていると翁がほほ笑んだ。

「恋ですか」

唐突な翁の問いかけに、熊神はうつむいた。

「はい」

「その割に苦しそうですね。どうしてですか」

目の前の翁はまっすぐに熊神を見つめていた。丸眼鏡の奥の瞳には一切の濁りがなかった。否定も肯定もない、その瞳に吸い込まれるように熊神は少しずつ言葉を取り戻していった。

「……僕は今までずっと……恋とか愛とか夢とか……大切なものはすべて、手を伸ばしたって届かないって思ってました。あきらめながら生きていたんです」

翁は黙って頷きながら聞いている。

「だけど、キミエさんと会って……初めて手を伸ばしたいって思ったんです。あきらめたくないって思ったんです。でも……うまくいかないんです。キミエさんは自分で自分を傷つける。僕はどうしてあげることもできない。それに僕——」

　必死に言葉を手繰り寄せようとするがうまくいかない。

「女の人に近づくのが……怖いんです」

　熊神は泣きそうになってうつむいた。

「犬吠埼の灯台は素晴らしいですね。日本を代表する灯台です」突然翁が言った。

「はい。真っ白できれいです」

「灯火におなりなさい」

「え？」

　何のことを言っているのだろう。熊神は戸惑った。

「航海する船に陸の位置を教えるのが灯台の灯火です。無理に近づいたり、助けようとしたりしなくてもいい。ただ高く持ち上げ闇を照らす灯火になって、迷っているその人を照らしてあげる光になればいいのです」

「トモシビ……」

　熊神はつぶやいた。翁の言葉は不思議と胸に沁みた。何かがわかったような、わからないような、不思議な気持ちだった。

　翁と別れて十九号踏切へ向かう。真っ直ぐにそびえたつ白亜の灯台が遠く光っている。愛機のカメラを構えた。フィルター越しに真っ直ぐそびえる灯台の姿に、なぜだか泣きたくなった。

僕はあの人の「トモシビ」になりたい。初めて素直な想いが言葉になった気がした。

玉砕してもいい。とにかく今すぐに、この想いを伝えたかった。逸る気持ちを抑えてベスパを走らせて外川に向かう。

漁港のある外川は坂の町でもある。古い住宅が立ち並ぶ狭い路地が一直線に延びるその先には水平な青い海が光る。キミエの実家の前にベスパを停めて熊神は深呼吸した。チャイムを押してしばらく待ってみたが誰も出てこない。

勢いで来てしまったはいいが、今更になって怖くなってきた。と、見知らぬ老女が声を掛けてきた。

「網中さんだったら、向こうの作業場にいるよ」

丁重に礼を言ってその老女に教えられた通りに行くと、大きな作業場に行き当たった。いくつもの水槽が並ぶ作業場では、ゴム長靴の若い男がアルミ台の上の前に立って氷の入った大きな容器いっぱいの魚を仕分けている。コチ、スズキ、平目が水色のプラスチックのカゴにぴゅんぴゅん放り込まれていく。投げられた赤いキンメダイの目玉が金色のビー玉みたいにきらきら光る。

熊神は先の不安もすっかり忘れて思わず見とれた。

そこに、トラックから白髪交じりの髪を短く角刈りにした男が降りてきて、魚が入った重たそうなカゴを軽々と持ち上げた。

「兄ちゃんあんの用だ？」

唐突に角刈りの男に聞かれて熊神は慌てた。

「あっ……あの僕、キミエさんに会いに来たんです」

「キミエ？」

途端に男の顔色が曇った
「兄ちゃん、あいつん知り合いか？　知んねぇよ、さっさとけえれ」男は、吐き捨てるように言ったきり、それ以上の関与を拒絶するように魚の入ったザルを運び始めた。

若い男が熊神に近づいてきて、こっそりと告げた。

「せっかく帰って来たのになぁ。あん人、キミエ姐さんの親父さん。おめえみてえん娘はいらねえ！　って怒鳴りつけたぁもんだがら。キミエ姐さん、もう二度と帰らないって啖呵切って出てったよ。頑固なとこが似た者同士なもんだからいけねえ」

熊神が呆然としていると若い男が付け加えた。

「出てったのはついさっきだから、追いかければまだ追っつくかもしんねえわ」

熊神は慌ててベスパに飛び乗った。銚子電鉄はわずか六・四キロの走行距離をのんびり走る電車である。車はおろか、終点の外川からなら自転車でも勝てる、らしい。

逸る胸を押さえて銚子駅に向かう。これを逃したら、もう会えないかもしれない。

それに……嫌な予感が胸をよぎる。また「あの人」の元に戻ろうとしていたとしたら。胸が潰れそうになる。もしそうだったら、全力で止めなければ。

銚子駅に着くと、特急しおさいが停まっているのが見えた。

「銚子電鉄に乗ります！」JRの駅員にそう嘘をついて、改札を走り抜ける。ホームに停まっている五両編成の電車の窓を一つ一つ見て回る。

キミエは見つからなかった。熊神は呆然とした。

「にゃー」

振り返るとキミエが立っていた。微笑んでいる。

「ぼ、僕……」

伝えたいことがありすぎて、言葉にならなかった。

「あたし、考えてたの。熊ちゃんはあたしに手を差し伸べなかった」

熊神はぎくりとした。キミエはやはり自分のことを許せないのだろうか。

「熊ちゃんの言う通りよ。自分で自分を傷つけてたの。寂しくなったら簡単に誰かにすがりついて、軽くて都合のいい女扱いされてたの、わかってた」

今度こそ、僕が、僕が、キミエさんに、言葉は頭の中で空回りした。

「発車します。ドアが閉まりますので、ご注意ください」

キミエは戸惑っていたが、さっと電車に乗り込んだ。

扉が閉まり、電車が動き出す。

ドアの前で張り詰めた顔をしているキミエを、熊神はまっすぐに見つめた。

「キミエさん、必ず戻ってきてください。僕、待ってます！」

キミエは微かにうなずいた。特急しおさいは、あっという間に熊神の視界から消えて行った。


銚子電鉄を訪れた熊神は頬に触れる風の涼しさを感じていた。キミエがいた夏は、今まで生きてきた、どの夏よりも特別だった。最後にキミエと別れてから、約一ヶ月が過ぎようとしていた。

熊神は橋の上からカメラを構えた。本銚子の跨線橋は電車を見下ろすように撮ることができる第二のお立ち台だ。橋の名は、清愛橋という。ロマンチックな名だが、単に清水町と愛宕町の頭文字を取って付けられただけにすぎない。

電車の音が聞こえてくる。全神経を集中してカメラを構える。

電車からおかっぱで丸顔の女子高生が降りてきて、名残惜しそうに振り返った。ドア越しに同級生らしい男子高校生が見えた。女子高生がはにかんで小さく手を振っているのが可愛らしい。長い前髪の男子高校生は照れているのか、ぶっきら棒な様子だったが、ドアが閉まると手を振り返した。熊神は思わず微笑んだ。

キミエの面影は常に熊神の中に在った。二人を結ぶものは、もう何もない。けれど、熊神の心は不思議なほど落ち着いていた。もう迷うことも煩悶することもなかった。ただ灯台の灯火のように揺るがずに彼女を待ち続ける、そう決めたからだった。

撮り鉄仲間から銚子電鉄が主催する写真コンクールの知らせを受けたのはそんな頃だった。これまで真剣にコンクールに応募したことはなかった。が、初めて挑戦してみたいと思った。熊神は時間が許す限り銚子電鉄を相手にカメラを構え続けた。

トウモロコシ畑は何時の間にかまた、青々としたキャベツ畑に変わっていた。写真展が常設されている犬吠駅の駅舎の二階では、「第一回銚子電鉄写真コンクール」が開催されていた。駆けつけた熊神は呆然として突っ立っていた。

お立ち台から撮ったデハ１００２と犬吠埼灯台、熊神の写真は高評価を受けての金賞だった。自分でも信じられなかった。

「お、熊ちゃん、やっと来たか」

洋一に呼び止められた。

「すみません、バイトが詰まってて」

洋一の傍らの、穏やかな雰囲気で質のいいジャケットを身に着けた中年の男が熊神を見た。熊神は驚いて目を見張った。

「な、中津川先生」

「中津川先生には、今回のコンクールの審査員をやっていただいたんだ」

熊神は昂奮した。中津川は主に鉄道写真を専門としてる著名な写真家で、熊神に鉄道写真を目指すきっかけを与えた人物だった。

「この方が熊神さんですか」

中津川がにこやかに熊神を見た。自分の名を呼ばれた熊神は固まってしまった。

「そうです。熊ちゃん、君の写真を金賞に推してくれたのは先生なんだよ」

熊神は感激で言葉が出なかった。中津川が熊神に名刺を差し出した。

「君はなかなか素晴らしいセンスをしているよ。これは天性のものだ」

「あ、ありがとうございます」

熊神はおずおずと名刺を受取った。夢でも見ているのではないだろうか。

「君、私のところでアシスタントをしないか。丁度募集をしていたところでね」

「えっ！　本当ですか」

「熊ちゃん、よかったな」

立ち去る中津川の後ろ姿を、熊神は夢のような気持ちで見ていた。

「そうだ、もう一つ、いいニュースがあるよ」

洋一の言葉に、熊神は目をぱちぱちさせた。

「今すぐ灯台に行くんだ。熊ちゃんを待ってる人がいるから。さっきまでここにいたんだよ」

「まさか」

洋一は深くうなずいた。熊神は礼もそこそこに走り出した。転がるように階段を駆け下りる。

犬吠埼灯台の九十九段を駆け上る。白いワンピースのキミエの姿が頭を過る。それは、ずっと遠い日の出来事のように思えた。

数人の観光客を追い越しながら、灯台をぐるり回る。不思議と不安はなかった。きっと会えると運命がささやいている。

振り返ると、キミエが立っていた。熊神はくしゃくしゃの笑顔になる。

「今までずっと、泣いたら、誰かが助けてくれると思ってたの。でも、熊ちゃんは違ったね」

キミエは少しぶっきら棒に言って、熊神から視線を外した。

「あの人に会って来たよ」

動じない。そう思っていた矢先なのに、熊神はやはり動揺した。

「奥さんと可愛い娘さんと仲良く食事しているレストランで、向いの席に座ってやったの。奥さんの顔、引きつってた」

キミエは笑ったが、とても愉快には見えなかった。熊神は黙っていた。

「声なんか、かけなかった。あの人の慌てた顔見たら、急におかしくなっちゃった。あんな男相手にしてた自分がバカみたい。ねえ、おかしいでしょ？」

熊神はぶんぶんと大きく首を振った。

「キミエさん、聞いてください」

熊神はまっすぐにキミエを見た。

「僕、望むことが怖かったんです。手に入らないことが怖かったからです」

「大切なものを失う恐怖を知っているの？」

皮肉を込めた言い方だった。熊神は苦しげにうなずいた。

「ごめんなさい。僕、キミエさんに嘘をついていました」

キミエは不審そうな顔をした。

「嘘？」

「両親がいないっていうのは嘘です。母親がいます。でも、今はどこにいるのかわかりません。僕は、母親に捨てられたんです」

キミエは黒い瞳を見開いた。とても綺麗だと熊神は思った。真っ黒なビー玉みたいだ。

「僕、怖かったんです。キミエさんも母親みたいに遠くに行ってしまう人だと思って、怖かったんです。でも、僕にとって、やっぱりキミエさんは運命の人です。キミエさんにとって、そうじゃなくても、僕にとってはそうなんです」

熊神は真剣な顔でキミエを見つめた。キミエは黙っている。うつむいたままで、泣きそうな小さな女の子みたいに唇をぎゅっとかみしめている。

「だから、僕は、キミエさんの灯火になりたいんです」

「トモシビ……？」

キミエが不思議そうに繰り返した。

「あなたが辛い時、苦しい時にその道を照らす、灯火です」

「なれるわけないよ。誰にもあたしを照らすことなんかできない」

強い風が吹き抜けた。見えないものを分断するような風は悪戯に二人の髪を乱す。

「もうあきらめません。僕は、灯火になります」

戸惑っているキミエは子猫のように見えた。あの雨の日のように。涙を流してはいないけれど、物寂しい、訴えるようなか細い泣き声が聞こえてくるような気がした。もう怖くない。熊神はそう自分に言い聞かせた。

そっと、ぎこちなく抱き寄せる。キミエは抵抗しなかった。熊神の身体にすっぽりと収まってしまうほど小さくて、子猫よりも柔かだった。キミエの手が背中に伸びてきた。猫のように顔を胸にこすり付ける。熱い何かが体の芯からこみ上げてくる。もっと強く抱きしめたいのを、熊神は堪えた。少しでも力を込めたら壊れてしまいそうで怖かった。灯台をぐるり回った観光客が抱き合う熊神とキミエを見てそっと引き返したことに二人は気がついていない。

「あ、あの、キミエさん」

熊神がおずおずと声を出すと、腕の中のキミエは素っ気なく返事をした。

「何よ」

「もう一度、運命を信じてください」

キミエがするりと熊神の腕をすり抜けた。腕の中のぬくもりが去ったと同時に全身の体温まで奪い去られたように冷たくなっていく。キミエは背中から手すりにもたれかかった。その髪を風が乱して表情が見えない。彼女は近寄ろうとすると逃げてしまう猫のようだった。

「なんのために？」

「運命を信じられたら、キミエさんはまたファドが歌えます」

熊神は真顔で答えた。キミエは熊神の真ん丸な瞳を見つめて、呆れたようにため息をついた。

「いいよ、信じてあげる」

熊神は安堵のあまり泣きそうな笑顔になった。キミエが口を開いた。

「〝Obrigado por tudo.〟」

なめらかな発音だった。ポルトガル語で色々ありがとう、と言う意味だ。もちろん熊神にはわからなかった。思案していると、ぐーっ、という低いくぐもった音がした。

「ほらもう！　待ちすぎて、おなか減っちゃったよ」

そう言って狭い階段を身軽に降りていくキミエを、熊神は慌てて追いかけた。

2014年・晩秋

骨董品屋のような銚子電鉄仲ノ町の事務所は、今日も雑然としている。無造作に置いてある年季の入った大きな柱時計は、とうに時を刻むのを止めていた。

「かつては、銚鉄の鬼と呼ばれていた男だよ。それが電車翁なんて呼ばれちまってさ。あんな好々爺になるなんて夢にも思わなかったね。昔を知ってる者としちゃ、なんだか馬鹿にされてるようで面白くなかったぜ」

崩れそうになる書類の隙間から必死に何かを引き抜こうとしている同僚の言葉に、洋一は小さくほほ笑んだ。

「でも、楽しそうでしたよ。電車翁」

洋一は、病床の電車翁の言葉を思い出していた。

「なんてことはないのです。もう一度私は、私の原点に戻りたくなったのです。結局、私と銚鉄とは、切っても切れない縁で結ばれておったということでしょう。外川で長年駅長を務め、温かい交流を通して私は、この鉄道を残すためには、人と触れ合わなければならないと肌で悟ったのです。どんな困難があっても、つながりを絶やさなければきっと大丈夫だと信じてきました。今でも、天職だったと私は思っています」

洋一はずずっと鼻をすすった。いかん、涙が出そうになってきた。

アルミサッシの引き戸が開いて、浩紀が勢いよく入って来た。

「お父さん、見て見て！　１００２カッコよく撮れた」

二度目の妻の連れ子である浩紀が、お父さんと呼んでくれるようになったのは、つい最近のことだ。洋一は嬉しいながら少し照れくさかった。浩紀はいつの間にか電車に興味を持ち始めたらしく、洋一が買ってやった安物のデジカメを手に、熊ちゃんと一緒になって一生懸命電車の写真を撮っている。

洋一は表情を引き締めてパソコンに向き直った。さて、「運鉄」企画だ。どうやって運輸局を攻めてやるか、考えなければ。鉄道ファンと銚子電鉄の明日の為に。

菜の花が咲く。紫陽花が咲く。向日葵が咲く。コスモスが咲く。今日もこの銚子電鉄のどこかの駅では、紺の着物に銀鼠の羽織姿で、雪駄を履いた電車翁が佇んでいるはずだ。

「銚子電鉄に残された時間があとどれくらいあるのか、私にはわかりません。しかし私は人々を照らす灯火となって、残された時間を、できうる限り、この鉄道会社に捧げたいと思っています。この小さな鉄道会社を通して、人と人とをつなげ続けたいのです」

ロイド眼鏡には、古い車両が映っている。その奥の真っ直ぐな瞳が、銚子電鉄を見守るように優しく光っている。

謝辞
本書の刊行にあたって、貴重なご意見とご協力を賜りました銚子電気鉄道株式会社の皆様、代表取締役竹本勝紀氏をはじめ、綿谷岩雄氏、大胡忠氏、石橋清志氏、山口典孝氏に心より感謝いたします。

本書は書き下ろし作品です。
一部、実際の団体や地域が登場しますが、本作はフィクションです。実際の人物や団体、地域とは一切関係ありません。

TO文庫

トモシビ
銚子電鉄の小さな奇蹟

2015年3月 1日 第1刷発行
2017年4月15日 第2刷発行

著 者 吉野 翠
発行者 本田武市
発行所 TOブックス
〒150-0045 東京都渋谷区神泉町18-8
松濤ハイツ2F
電話03-6452-5678(編集)
0120-933-772(営業フリーダイヤル)
FAX03-6452-5680
ホームページ http://www.tobooks.jp
メール info@tobooks.jp

フォーマットデザイン 金澤浩二
本文データ製作 TOブックスデザイン室
印刷・製本 中央精版印刷株式会社

Printed in Japan ISBN978-4-86472-358-9